催人泪下的故事
感动一生的真情

感悟父爱

震撼心灵的 46 个亲情故事

朱自清 等著

民主与建设出版社
·北京·

© 民主与建设出版社，2023

图书在版编目（CIP）数据

感悟父爱 / 朱自清等著 . -- 北京：民主与建设出
版社，2023.10

ISBN 978-7-5139-4423-6

Ⅰ.①感… Ⅱ.①朱… Ⅲ.①散文集 – 中国 – 当代
Ⅳ.①I267

中国国家版本馆 CIP 数据核字（2023）第 215450 号

感悟父爱
GANWU FUAI

著　　者	朱自清等	
责任编辑	周佩芳	
封面设计	天下书装装帧设计	
出版发行	民主与建设出版社有限责任公司	
电　　话	（010）59417747　59419778	
社　　址	北京市海淀区西三环中路 10 号望海楼 E 座 7 层	
邮　　编	100142	
印　　刷	三河市宏图印务有限公司	
版　　次	2023 年 10 月第 1 版	
印　　次	2024 年 1 月第 1 次印刷	
开　　本	710 毫米 ×1000 毫米　　1/16	
印　　张	12.5	
字　　数	160 千字	
书　　号	ISBN 978-7-5139-4423-6	
定　　价	49.80 元	

注：如有印、装质量问题，请与出版社联系。

[代序] 父爱的光芒 / 尘云

"那是我小时候，常坐在父亲肩头，父亲是儿那登天的梯，父亲是那拉车的牛。想儿时一封家书千里写叮嘱，盼儿归一袋闷烟满天数星斗。"

这首短短的歌曲，把父亲对儿女的那种爱，唱得入木三分，唱哭了千千万万的天下儿女。

从小到大，我们所接受的教育中，大部分是在赞美慈祥的母亲、伟大的母爱，对父亲与父爱却鲜少谈及。其实，父爱同母爱一样的无私，不求回报。只是父爱不善于表达，是一种默默无闻、寓于无形之中的感情，唯有用心的人才能体会。

曾经，中央电视台3频道反复播放过这样一条公益广告：

有一位中年男人，他的母亲早早就去世了，家里亲人就只剩下了父亲。随着父亲的渐渐变老，他也不知道父亲是什么时候患上了阿尔茨海默病，变得连儿子都认不出来了。

在男人的印象中，父亲一直只记挂着他自己的工作，从未真正爱过他这个儿子。他常常想，如今连儿子都不认识了，那父亲对儿子的关爱更是没有了吧。

某天中午，由于照看父亲的保姆临时有事要出门，一时半会回不来，男人不放心父亲独自在家，便带着他一同去参加朋友的宴席。

在饭桌上，父亲一直安安静静地吃着饭。但当宴席将要结束时，服务员端来了一盘饺子，老父亲这时嗖的一下站了起来，直接用手抓着那滚烫的饺子往自己衣服的口袋里装。

看着众人异样的眼光，男人感到十分尴尬，觉得很丢脸，于是责问老父亲为什么要这样做。只见老父亲小心翼翼地护着口袋，语气坚定地回答道："这是我给我儿子带的，我儿子他最爱吃饺子了。"

中年人的眼眶瞬间湿润，一把抱住老父亲啜泣起来。

原来，父亲对儿子的爱已经刻进了骨子里，哪怕记忆所剩无几，他也不会将此忘记。

这，就是我们伟大的父亲、如山的父爱。父爱是一种情感，它让我们泪流满面，懂得了感恩；父爱是一种力量，它助力我们战胜困难，风雨兼程。即使是丹青高手，也难以勾勒出父亲那坚挺的脊梁；即使是文学泰斗，也难以刻画出父亲那不屈的精神；即使是海纳百川，也无法囊括父亲对儿女那无私的关爱。

生活中，父亲是扛起艰辛的肩膀，是沉默无语的大梁。父爱，虽无声却滚烫。无论岁月如何侵蚀父亲的模样，父爱，永远闪耀着熠熠的光芒！

高尔基说："父爱是一部震撼心灵的巨著，读懂了它，你也就读懂了整个人生。"本书讲述了数十个不一样的父爱故事，但带给人们的感动却是一样的。捧着此书，静静阅读五分钟，相信再坚强的汉子也会悄悄落泪。

朋友们，生命是如此短暂，希望借由这些故事带给您的心灵震撼，能让您领悟到如何珍重自己的人生，珍爱那个一直都深深爱着您的——父亲！

目　录

第3辑　明天，或许就晚了

第 1 辑

／

父爱，让我们泪流满面

父亲，是儿那登天的梯；
父亲，是那默默拉车的牛。
无须语言，甚至无须何种方式——
父爱，只默默生成，静静流淌。
父爱是一种力量，助我们风雨兼程；
父爱是一种人格，教我们正确为人；
父爱是一种精神，让我们泪流满面。
即使是文学泰斗，
也难以刻画出父亲那不屈的精神；
即使是丹青高手，
也难以勾勒出父亲那坚挺的脊梁；
即使是海纳百川，
也无法囊括父亲对儿女那无私的关爱。
父爱如山，如山般伟大，如山般沉默！

背影 / 朱自清

父亲那看似卑微的模样，总让我情不自禁热泪盈眶

> 我看见他的背影，我的泪很快地流下来了。我赶紧拭干了泪。怕他看见，也怕别人看见。

我与父亲不相见已二年余了，我最不能忘记的是他的背影。

那年冬天，祖母死了，父亲的差使也交卸了，正是祸不单行的日子。我从北京到徐州，打算跟着父亲奔丧回家。到徐州见着父亲，看见满院狼藉的东西，又想起祖母，不禁簌簌地流下眼泪。父亲说："事已如此，不必难过，好在天无绝人之路！"

回家变卖典质，父亲还了亏空；又借钱办了丧事。这些日子，家中光景很是惨淡，一半为了丧事，一半为了父亲赋闲。丧事完毕，父亲要到南京谋事，我也要回北京念书，我们便同行。

到南京时，有朋友约去游逛，勾留了一日；第二日上午便须渡江到浦口，下午上车北去。父亲因为事忙，本已说定不送我，叫旅馆里一个熟识的茶房陪我同去。他再三嘱咐茶房，甚是仔细。但他终于不放心，怕茶房不妥帖；

颇踌躇了一会。其实我那年已二十岁，北京已来往过两三次，是没有什么要紧的了。他踌躇了一会，终于决定还是自己送我去。我再三劝他不必去；他只说："不要紧，他们去不好！"

我们过了江，进了车站。我买票，他忙着照看行李。行李太多了，得向脚夫行些小费才可过去。他便又忙着和他们讲价钱。我那时真是聪明过分，总觉他说话不大漂亮，非自己插嘴不可，但他终于讲定了价钱，就送我上车。他给我拣定了靠车门的一张椅子；我将他给我做的紫毛大衣铺好座位。他嘱我路上小心，夜里要警醒些，不要受凉。又嘱托茶房好好照应我。我心里暗笑他的迂；他们只认得钱，托他们只是白托！而且我这样大年纪的人，难道还不能料理自己么？唉，我现在想想，我那时真是太聪明了！

我说道："爸爸，你走吧。"他望车外看了看，说："我买几个橘子去。你就在此地，不要走动。"我看那边月台的栅栏外有几个卖东西的等着顾客。走到那边月台，须穿过铁道，须跳下去又爬上去。父亲是一个胖子，走过去自然要费事些。我本来要去的，他不肯，只好让他去。我看见他戴着黑布小帽，穿着黑布大马褂，深青布棉袍，蹒跚地走到铁道边，慢慢探身下去，尚不大难。可是他穿过铁道，要爬上那边月台，就不容易了。他用两手攀着上面，两脚再向上缩；他肥胖的身子向左微倾，显出努力的样子。这时我看见他的背影，我的泪很快地流下来了。我赶紧拭干了泪。怕他看见，也怕别人看见。我再向外看时，他已抱了朱红的橘子往回走了。过铁道时，他先将橘子散放在地上，自己慢慢爬下，再抱起橘子走。到这边时，我赶紧去搀他。他和我走到车上，将橘子一股脑儿放在我的皮大衣上。于是扑扑衣上的泥土，心里很轻松似的。过一会说："我走了，到那边来信！"我望着他走出去。他走了几步，回过头看见我，说："进去吧，里边没人。"等他的背影混入来来往往的人里，再找不着了，我便进来坐下，我的眼泪又来了。

近几年来，父亲和我都是东奔西走，家中光景是一日不如一日。他少年出外谋生，独力支持，做了许多大事。哪知老境却如此颓唐！他触目伤怀，自然情不能自已。情郁于中，自然要发之于外；家庭琐屑便往往触他之怒。他待我渐渐不同往日。但最近两年的不见，他终于忘却我的不好，只是惦记着我，惦记着我的儿子。我北来后，他写了一信给我，信中说道："我身体平安，惟膀子疼痛厉害，举箸提笔诸多不便，大约大去之期不远矣。"我读到此处，在晶莹的泪光中，又看见那肥胖的、青布棉袍黑布马褂的背影。唉！我不知何时再能与他相见！

父亲的新年 / 傅东华

每年腊月，父亲就开始紧皱眉头

自从我能记忆的时候起直到我的童年终了，每个新年的回忆里总是父亲的影像居于最前列。

中学生杂志社邀我谈话的那天晚上，母亲从故乡到上海。女儿娟，儿子浩，都特地向学校告了假，和我一起到车站迎接。

母亲接到了，在别后的琐屑家庭谈话中，提到明年是父亲的七十阴寿。那时我心里正被《中学生》编辑出给我的题目"新年"占据着，及至提到父亲，这才像通了电似的突然把新年的观念和父亲的影像融合了起来。

是的，自从我能记忆的时候起直到我的童年终了，每个新年的回忆里总是父亲的影像居于最前列。一到腊月初头，父亲的面容就变严肃了，账目要清理，年事要备办，一切得父亲独个人担当。有时候，父亲紧皱眉头，双手互相笼在袖筒里，默不作声地在房里整日地往来踱着，我们都知道他正过着难关，于是新年将到的喜悦就不觉被给父亲的同情所销克。但是到了新年的晚上，年夜饭照例是十大碗，照例一到上灯就开始。那时街上讨债人的行灯还正往来如鲫，我们却已安然团坐吃喝了。因了这，父亲总是很郑重地对我们说："我们能够这样也就不容易啦。"

元日早起，父亲就穿着廪生的衣冠开始请神供祖。正厅中心的方桌上这时挂上红桌帏，朝南一张椅子上披上红椅罩，上面竖着一个纸神马，桌上供着神果盒：这就是过新年的主要背景了。在这背景上演着过新年的节目的就只父亲一个人。我们都是看客。我们看过他必恭必敬地跪拜祖先容，看着他送往迎来地招待贺年客。这些，在我们都是过新年的有趣的节目，在父亲却是严肃的义务。啊！我是直到现在才了解这种义务的意义的。

到了灯节，每夜，父亲总先领我们到别处看过一遍，这才回家等着，等到灯行过我家门口，我们全家人都站在门口看。行灯的末节是关圣帝君的香亭，前面有个灯伞仪仗，伴有细乐，后面四面尖角旗，一面大帅旗，都挂着灯笼，也有一副锣鼓伴着，总是咚呛咚呛地敲得那么单调。我们听见这声音，总感觉一种兴会完尽的不快，而父亲每夜又必加上一句结束词："好啦好啦，明天再看啦！"这使我们愈加觉得难过。最后一夜他只换了一个字，音调却悲怆得多："好啦好啦，明年再看啦！"我们听见这话时的感触是难以形容的，但也直到现在，我才十分了解这话的意义。

父亲去世已经二十七年了，故乡废止行灯也有了好几年，即使他活到现在，也已不复得"明年再看啦"。

娟和浩都不曾见过祖父，不知祖父怎么个样子。他们自己的父亲不会像祖父那样过新年给他们看，这是他们的不幸。但是每到新年终了时的那种悲怆情调他们却也尝不着，又何尝不是他们的幸福？而且当他们的父亲过着这样的新年的时候，他还没有做中学生哩。

旅人的心 / 鲁彦

父亲的一生是劳碌的，然而也是快乐的

一年一年过去着，我渐渐大了，想和父亲一道出门的念头也跟着深起来，甚至对于夜间的旅行起了好奇和羡慕。

或是因为年幼善忘，或是因为不常见面，我最初几年中对父亲的感情怎样，一点也记不起来了。至于父亲那时对我的爱，却从母亲的话里就可知道。母亲近来显然在深深地记念父亲，又加上年纪老了，所以一见到她的小孙儿吃牛奶，就对我说了又说：

"正是这牌子，有一只老鹰！……你从前奶水不够吃，也吃的这牛奶。你父亲真舍得，不晓得给你吃了多少，有一次竟带了一打来，用木箱子装着。那时比现在贵得多了。他的收入又比你现在少……"

不用说，父亲是从我出世后就深爱着我的。

但是我自己所能记忆的我对于父亲的感情，却是从六七岁起。

父亲向来是出远门的。他每年只回家一次，每次约在家里住一个月。时期多在年底年初。每次回来总带了许多东西：肥皂、蜡烛、洋火、布匹、花生、豆油、粉干……都够一年的吃用。此外还有专门给我的帽子、衣料、玩具、纸笔、书籍……

我平日最喜欢和姊姊吵架，什么事情都不能安静，常常挨了母亲的打，也还不肯屈服。但是父亲一进门，我就完全改变了，安静得仿佛天上的神到了我们家里，我的心里充满了畏惧，但又不像对神似的慑于他的权威，却是在畏惧中间藏着无限的喜悦，而这喜悦中间却又藏着说不出的亲切的。我现在不再叫喊，甚至不大说话了；我不再跳跑，甚至连走路的脚步也十分轻了；什么事情我该做的，用不着母亲说，就自己去做好；什么事情我该对姊姊退让的，也全退让了。我简直换了一个人，连自己也觉得：聪明，诚实，和气，勤劳。

父亲从来不对我说半句埋怨话，他有着洪亮而温和的音调。他的态度是庄重的，但脸上没有威严却是和气。他每餐都喝一定分量的酒。他的皮肤的血色本来很好，喝了一点酒，脸上就显出一种可亲的红光。他爱讲故事给我听，尤其是喝酒的时候常常因此把一顿饭延长了一二个钟点。他所讲的多是他亲身的阅历，没有一个故事里不含着诚实，忠厚，勇敢，耐劳。他学过拳术，偶然也打拳给我看，但他接着就讲打拳的故事给我听：学会了这一套不可露锋芒，只能在万不得已时用来保护自己。父亲虽然不是医生，但因为祖父是业医的，遗有许多医书，他一生就专门研究医学。他抄写了许多方子，配了许多药，赠送人家，常常叫我帮他的忙。因此我们的墙上贴满了方子，衣柜里和抽屉里满是大大小小的药瓶。

一年一度，父亲一回来，我仿佛新生了一样，得到了学好的机会：有事可做也有学问可求。

然而这时间是短促的。将近一个月，他慢慢开始整理他的行装，一样一样和母亲商议着别后一年内的计划了。

到了远行的那夜一时前，他先起了床，一面打扎着背包箱夹，一面要母亲去预备早饭。二时后，吃过早饭，就有划船老大在墙外叫喊起来，是父亲离家的时候了。

父亲和平日一样，满脸笑容。他确信他这一年的事业将比往年更好。母亲和姊姊虽然眼眶里贮着惜别的眼泪，但为了这是一个吉日，终于勉强地把眼泪忍住了。只有我大声啼哭着，牵着父亲的衣襟，跟到了大门外的埠头上。

父亲把我交给母亲，在灯笼的光中仔细地走下阶级，上了船，船就静静地离开了岸。

"进去吧，很快就回来的，好孩子。"父亲从船里伸出头来，说。

船上的灯笼熄了，白茫茫的水面上只显出一个移动着的黑影。几分钟后，它迅速地消失在几步外的桥的后面。一阵关闭船篷声，接着便是渐远渐低的咕呀咕呀的桨声。

"进去吧，还在夜里呀。"过了一会，母亲说着，带了我和姊姊转了身。"很快就回来了，不听见吗？留在家里，谁去赚钱呢？"

其实我并没想到把父亲留在家里，我每次是只想跟父亲一道出门的。

父亲离家老是在夜里，又冷又黑。想起来这旅途很觉可怕。那样的夜里，岸上是没有行人也没有声音的，倘使有什么发现，那就十分之九是可怕的鬼怪或恶兽。尤其是在河里，常常起着风，到处都潜着吃人的水鬼。一路所经过的两岸大部分极其荒凉，这里一个坟墓，那里一个棺材，连白天也少有行人。

但父亲却平静地走了，露着微笑。他不畏惧，也不感伤，他常说男子汉要胆大量宽，而男子汉的眼泪和珍珠一样宝贵。

一年一年过去着，我渐渐大了，想和父亲一道出门的念头也跟着深起来，甚至对于夜间的旅行起了好奇和羡慕。到了十四五岁，乡间的生活完全过厌了，倘不是父亲时常寄小说书给我，我说不定会背着母亲私自出门远行的。

17 岁那年的春天，我终于达到了我的志愿。父亲是往江北去，他送我到上海。那时姊姊已出了嫁生了孩子，母亲身边只留着一个五岁的妹妹。她这次终于遏抑不住情感，离别前几天就不时流下眼泪来，到得那天夜里她伤心地哭了。

但我没有被她的眼泪所感动。我很久以前听到我可以出远门就在焦急地等待着那日子。那一夜我几乎没有合眼，心里充满了说不出的快乐。我满脸笑容，跟着父亲在暗淡的灯笼光中走出了大门。我没注意母亲站在岸上对我的叮嘱，一进船舱，就像脱离了火坑一样。

"竟有这样硬心肠，我哭着，他笑着！"

这是母亲后来常提起的话。我当时欢喜什么，我不知道。我只觉得心里十分的轻松，对着未来有着模糊的憧憬，仿佛一切都将是快乐的，光明的。

"牛上轭了！"

别人常在我出门前就这样的说，像是讥笑我，像是怜悯我。但我不以为意。我觉得那所谓轭是人所应该负担的。我勇敢地挺了一挺胸部，仿佛乐意地用两肩承受了那负担，而且觉得从此才成为一个"人"了。

夜是美的。黑暗与沉寂的美。从篷隙里望出去，看见一幅黑布蒙在天空上，这里那里镶着亮晶晶的珍珠。两岸上缓慢地往后移动的高大的坟墓仿佛是保护我们的炮垒，平躺着的草扎的和砖盖的棺木就成了我们的埋伏的卫兵。树枝上的鸟巢里不时发出喊喊的拍翅声和细碎的鸟语，像在庆祝着我们的远行。河面上一片白茫茫的光微微波动着，船像在柔软轻漾的绸子上滑了过去。船头下低低地响着淙淙的波声，接着是咕呀咕呀的前桨声和有节奏的喊嚓喊嚓的后桨拨水声。清冽的水的气息，重浊的泥土的气息和复杂的草木的气息在河面上混合成了一种特殊的亲切的香气。

我们的船弯弯曲曲地前进着，过了一桥又一桥。父亲不时告诉着我，这是什么桥，现在到了什么地方。我静默地坐着，听见前桨暂时停下来，一股寒气和黑影袭进舱里，知道又过了一个桥。

一小时以后，天色渐渐转白了，岸上的景物开始露出明显的轮廓来，船舱里映进了一点亮光，稍稍推开篷，可以望见天边的黑云慢慢地变成了灰白色，浮在薄亮的空中。前面的山峰隐约地走了出来，然后像一层一层地脱下衣衫似的，按次地露出了山腰和山麓。

"东方发白了。"父亲喃喃地念着。

白光像凝定了一会，接着就迅速地揭开了夜幕，到处都明亮起来。现在连岸上的细小的枝叶也清晰了。星光暗淡着，稀疏着，消失着。白云增多了，东边天上渐渐变成了紫色，红色。天空变成了蓝色。山是青的，这里那里迷漫着乳白色的烟云。

我们的船驶进了山峡里，两边全是繁密的松柏、竹林和一些不知名的常青树。河水渐渐清浅，两边露出石子滩来，前后左右都驶着从各处来的船只。不久船靠了岸，我们完成了第一段的旅程。

当我踏上埠头的时候，我发现太阳已在我的背后。这约莫二小时的行进，仿佛我已经赶过了太阳，心里暗暗地充满了快乐。

完全是个美丽的早晨。东边山头上的天空全红了，紫红的云像是被小孩用毛笔乱涂出的一样，无意地成了巨大的天使的翅膀。山顶上一团浓云的中间露出了一个血红的可爱的紧合着的嘴唇，像在等待着谁去接吻。西边的最高峰上已经涂上了明耀的光辉。平原上这里那里升腾着白色的炊烟，像雾一样。埠头上忙碌着男女旅客，成群地往山坡上走了去。挑夫，轿夫喊着，追赶着，跟随着，显得格外的紧张。

就在这热闹中，我跟在父亲的后面走上了山坡，第一次远离故乡跋涉山水，去探问另一个憧憬着的世界，勇往地肩起了"人"所应负的担子。我的血在沸腾着，我的心是平静的，平静中含着欢乐。我坚定地相信我将有一个光明的伟大的未来。

但是暴风雨卷着我的旅程，我愈走愈远离了家乡。没有好的消息给母亲，也没有如母亲所期待的三年后回到家乡。一直过了七八年，我才负着沉重的心，第一次重踏到生长我的土地。那时虽走着出门时的原来路线，但山的两边的两条长的水路已经改驶了汽船，过岭时换了洋车。叮叮叮叮的铃子和呜呜的汽笛声激动着旅人的心。

到得最近，路线完全改变了。山岭已给铲平，距离我们村庄不远的地方，开了一条极长的汽车路。它把我们旅行的时间从夜里两点出发改做了午后两点。然而旅人的心愈加乱了，没有一刻不是强烈地被震动着。父亲出门时是多么的安静，舒缓，快乐，有希望。他有十年二十年的计划，有安定的终身的职业。而我呢？紊乱，匆忙，忧郁，失望，今天管不着明天，没有一种安定的生活。

实际上，父亲一生是劳碌的，他独自负荷着家庭的重任，远离家乡一直到他70岁为止。到得将近去世的几年中，他虽然得到了休息，但还依然刻苦地帮着母亲治理杂务。然而，他一生是快乐的。尽管天灾烧去了他亲手支起的小屋，尽管我这个做儿子的时时在毁损着他的产业，因而他也难免起了一点忧郁，但他的心一直到临死的时候为止仍是十分平静的。他相信着自己，也相信着他的儿子。

我呢？我连自己也不能相信。我的心没有一刻能够平静。

当父亲死后两年，一个深秋的夜里两点，我出发到同一方向的山边去，船同样地在柔软轻漾的绸子似的水面滑着，黑色的天空同样地镶着珍珠似的明星，但我的心里却充满了烦恼，忧郁，凄凉，悲哀，和第一次跟着父亲出远门时的我仿佛是两个人了。

原来我这一次是去掘开父亲给自己造成的坟墓，把他永久地安葬的。

恐怖 / 石评梅

如果父亲去世了，我和母亲将会怎样痛苦

> 一阵风吹起父亲的袍角，银须也缓缓飘拂到左襟；白杨树上叶子摩擦的声音，如幽咽泣诉，令人酸梗，这时他颤巍巍扶着我来到墓穴前站定。

父亲的生命是秋深了。如一片黄叶系在树梢。十年，五年，三年以后，明天或许就在今晚都说不定。因之，无论大家怎样欢欣团聚的时候，一种可怕的暗影，或悄悄飞到我们眼前。就是父亲在喜欢时，也会忽然的感叹起来！尤其是我，脆弱的神经。有时想的很久远很恐怖。父亲在我家里是和平之神。假如他有一天离开人间，那我和母亲就沉沦在更深的苦痛中了。维持我今日家庭的绳索是父亲，绳索断了，那自然是一个莫测高深的陨坠了。

逆料多少年大家庭中压伏的积怨，总会爆发的。这爆发后毁灭一切的火星落下时，怕懦弱的母亲是不能逃免！我爱护她，自然受同样的创缚，处同样的命运是无庸疑议了。那时人们一切的矫饰虚伪，都会褪落的；心底的刺也许就变成弦上的箭了。

多少隐恨说不出在心头。每年归来，深夜人静后，母亲在我枕畔偷偷流泪！我无力挽回她过去铸错的命运，只有精神上同受这无期的刑罚。有时我虽离开母亲，凄冷风雨之夜，灯残梦醒之时，耳中犹仿佛听见枕畔有母亲滴泪的声音。不过我还很欣慰父亲的健在，一切都能给她作防御的盾牌。

谈到父亲，七十多年的岁月，也是和我一样颠沛流离，忧患丛生，痛苦过于幸福。每次和我们谈到他少年事，总是残泪沾襟不忍重提。这是我的罪戾呵！不能用自己柔软的双手，替父亲抚摸去这苦痛的瘢痕。

我自然是萍踪浪迹，不易归来；但有时交通阻碍也从中作梗。这次回来后，父亲很想乘我在面前，预嘱他死后的诸事，不过每次都是泪眼模糊，断续不能尽其辞。有一次提到他墓穴的建修，愿意让我陪他去看看工程，我低头咽着泪答应了。

那天夜里，母亲派人将父亲的轿子预备好，我和曾任监工的族叔蔚文同着去，打算骑了姑母家的驴子。

翌晨十点钟出发：母亲和芬嫂都嘱咐我好好招呼着父亲，怕他见了自己的坟穴难过；我也不知该怎样安慰防备着，只觉心中感到万分惨痛。一路很艰险，经过都是些崎岖山径；同样是青青山色，潺潺流水，但每人心中都抑压着一种凄怆，虽然是旭日如烘，万象鲜明，而我只觉前途是笼罩一层神秘恐怖黑幕，这黑幕便是旅途的终点，父亲是一步一步走近这伟大无涯的黑幕了。

在一个高堑如削的山峰前停住，父亲的轿子落在平地。我慌忙下了驴子向前扶着，觉他身体有点颤抖，步履也很软弱，我让他坐在崖石上休息一会。这真是一个风景幽美的地方，后面是连亘不断的峰峦，前面是青翠一片麦田；山峰下隐约林中有炊烟，有鸡唱犬吠的声音。父亲指着说：

"那一带村庄是红叶沟，我的祖父隐居在这高塔的庙里，那庙叫华严寺，有一股温泉，流汇到这庙后的崖下。土人传说这泉水可以治眼病呢！我小时候随着祖父，在这里读书，已经有三十多年不来了，时间过得真快呵！不觉得我也这样老了。"父亲仰头叹息着。

蔚叔领导着进了那摩云参天的松林，苍绿阴林的荫影下，现出无数冢墓，矗立着倒斜着风雨剥蚀的断碣残碑。地上丛生了许多草花，红的黄的紫的夹杂着十分好看。蔚叔回转进一带白杨，我和父亲慢步徐行，阵阵风吹，声声蝉鸣，都显得惨淡空寂，静默如死。

蔚叔站住了，面前堆满了磨新的青石和沙屑，那旁边就是一个深的洞穴，这就是将来掩埋父亲尸体的坟墓。我小心看着父亲，他神色显得异样惨淡，银须白发中，包掩着无限的伤痛。

一阵风吹起父亲的袍角，银须也缓缓飘拂到左襟；白杨树上叶子摩擦的声音，如幽咽泣诉，令人酸梗，这时他颤巍巍扶着我来到墓穴前站定。

父亲很仔细周详地在墓穴四周看了一遍，觉得很如意。蔚叔又和他筹画墓头的式样，他还能掩饰住悲痛说：

"外面的式样坚固些就成啦；不要太讲究了，靡费金钱。只要里面干燥光滑一点，棺木不受伤就可以了。"

回头又向我说：

"这些事情原不必要我自己做，不过你和璜哥，整年都在外面；我老了，无可讳言是快到坟墓去了。在家也无事，不愁穿，不愁吃，有时就愁到我最后的安置。棺木已扎好了，里子也裱漆完了。衣服呢我不愿意穿前清的遗服或现在的袍褂。我想走的时候穿一身道袍。璜哥已由汉口给我寄来了一套，鞋帽都有，那天请母亲找出来你看看。我一生廉洁寒苦，不愿浪费，只求我心身安适就成了。都预备好后，省临时麻烦；不然你们如果因事忙因道阻不能回来时，不是要焦急吗？我愿能悄悄地走了，不要给你们灵魂上感到悲伤。生如寄，死如归，本不必认真呵！"

我低头不语，怕他难过，偷偷把泪咽下去。等蔚叔扶父亲上了轿后，我才取出手绢揩泪。

临去时我向松林群冢望了一眼，再来时怕已是一个梦醒后。

跪在洞穴前祷告上帝：愿以我青春火焰，燃烧父亲残弱的光辉！千万不要接引我的慈父来到这里呵！

这是我第二次感到坟墓的残忍可怕，死是这样伟大的无情。

父亲的绳衣 / 石评梅

穿上这件绳衣时，父亲也可想到女儿结织时的忧郁和伤心

> 父亲这微笑中的泪珠，真令我良心上受
> 了莫大的责罚，我还有什么奢望呢！

"荣枯事过都成梦，忧喜心忘便是禅。"人生本来一梦，在当时兴致勃然，未尝不感到香馥温暖，繁华清丽。至于一枕凄凉，万象皆空的时候，什么是值得喜欢的事情，什么是值得流泪的事情？我们是生在世界上的，只好安于这种生活方程，悄悄地让岁月飞逝过去。消磨着这生命的过程，明知是镜花般不过是一瞥的幻梦，但是我们的情感依然随着遭遇而变迁。为了天辛的死，令我觉悟了从前太认真人生的错误，同时忏悔我受了社会万恶的蒙蔽。死了的明显是天辛的躯壳，死了的惨淡潜隐便是我这颗心，他可诅咒我的残忍，但是我呢，也一样是啮残下的牺牲者呵！

我的生活是陷入矛盾的，天辛常想着只要他走了，我的腐蚀的痛苦即刻可以消逝。这是一个错误的观念，事实上矛盾痛苦是永不能免除的。现在我依然沉陷在这心情下，为了这样矛盾的危险，我的态度自然也变了，

有时的行为常令人莫明其妙。

这种意思不仅父亲不了解，就连我自己何尝知道我最后一日的事实；就是近来倏起倏灭的心思，自己感到奇特惊异。

清明那天我去庙里哭天辛，归途上我忽然想到与父亲和母亲结织一件绳衣。我心里想得太可怜了，可以告诉你们的就是我愿意在这样心情下，做点东西留个将来回忆的纪念。母亲他们穿上这件绳衣时，也可想到他们的女儿结织时的忧郁和伤心！这个悲剧闭幕后的空寂，留给人间的固然很多，这便算埋葬我心的坟墓，在那密织的一丝一缕之中，我已将母亲交付给我的那颗心还她了。

我对于自己造成的厄运绝不诅咒，但是母亲，你也应当体谅我，当我无力扑到你怀里睡去的时候，你也不要认为是缺憾吧！

当夜张着黑翼飞来的时候，我在这凄清的灯下坐着。案头放着一个银框，里面装着天辛的遗像，像的前面放着一个紫玉的花瓶，瓶里插着几枝玉簪花，在花香迷漫中，我默默地低了头织衣；疲倦时我抬起头来望望天辛，心里的感想，我难以写出。深夜里风声掠过时，尘沙向窗上瑟瑟的扑来，凄凄切切似乎鬼在啜泣，似乎鸱鸮的翅儿在颤栗！我仍然低了头织着，一直到我伏在案上睡去之后。这样过了七夜，父亲的绳衣成功了。

父亲的信上这样说：

……明知道你的心情是如何的恶劣，你的事务又很冗繁，但是你偏在这时候，日夜为我结织这件绳衣，远道寄来，与你父防御春寒。你的意思我自然喜欢，但是想到儿一腔不可宣泄的苦衷时，我焉能不为汝凄然！……

读完这信令我惭愧，纵然我自己命运负我，但是父母并未负我；他们希望于我的，也正是我愿为了他们而努力的。父亲这微笑中的泪珠，真令我良心上受了莫大的责罚，我还有什么奢望呢！我愿暑假快来，我挣扎着这创伤的心神，扑向母亲怀里大哭！我廿年的心头埋没的秘密，在天辛死后，我已整个的跪献在父母座下了。我不忍那可怕的人间隔膜，能阻碍了我们天性的心之交流，使他们永远隐蔽着不知道他们的女儿——不认识他们的女儿。

我的父亲 / 包天笑

父亲是个遗腹子，却在我 17 岁时去世了

> 太平之战以后，父亲已是十三四岁了，所有家业，已荡然无存，米行早已抢光、烧光了，同族中的人，死亡的死亡了，失踪的失踪了……

我的父亲是一个遗腹子，他在祖母腹中时，我的祖父已经故世了。这不是悲惨的事吧？我也少孤，但是我到十七岁父亲才故世，我还比父亲幸福得多。

我的祖母生有两子三女：第一胎是男，我的大伯，到三岁时候死了。第二胎是女，我的二姑母，嫁尤氏，姑丈尤巽甫（名先庚），二姑母早死，我未见。第三胎是女，我的三姑母，嫁顾氏，姑丈顾文卿（名维焕），三姑母亦早死，续娶亦包氏，我祖母的侄女。第四胎是女，我的四姑母，嫁姚氏，姑丈姚宝森（名仪廷）。

第五胎是男，是我的父亲。所以我父是遗腹子，而不是独生子。

我家祖先，世业商，住居苏州阊门外的花步里，开了一家很大的米行。我的曾祖素庭公，曾祖母刘氏，他们所生的儿女，不仅我祖父一人，但是

祖父排行最小。

祖父名瑞瑛，号朗甫，因为他的号是朗甫，所以我的号是朗孙，祖母所命，用以纪念祖父。他是个文人，是一个潇洒的人，常以吟咏自遣（但他的遗墨，我一点也没有得到）。不过他并没有去应试过，不曾走上科举的路，也不想求取功名，只喜欢种花、饮酒、吟诗，对于八股文是厌弃的。大概家里有几个钱，是一位胸襟恬澹，现代所称为有闲阶级的人。可是天不永年，将近30岁，一病逝世，把一大堆儿女，抛给祖母了。

我不曾见过祖父，连父亲也不曾见过他的父亲，这只在祖母口中传下来的。除了我的大伯，三岁便死以外，其余有三位姑母，都在幼年，而我的父亲，则在襁褓中，中间适逢太平天国之战，到处奔走，到处逃难，真不知祖母怎样把一群孩子抚养成人的。

据祖母说：这事幸亏得她的父亲炳齐公（我父的外祖吴炳齐公），逃难一切，都是跟了他们走的。炳齐公只一个女儿，便是我祖母，当时他们是苏州胥门外开烧酒行的，烧酒行吴家谁不知道？而我们是在阊门外开米行的，也颇有名气，论资本还是我们大咧。以烧酒行的女儿，配给米行家的儿子，在当时，也可算得门当户对的。

父亲幼年失学，因为他的学龄时代，都在逃难中丧失了。祖母说我父亲的读书，断断续续，计算起来，还不到四足年。然而父亲的天资，比我聪明，他并未怎样自己用功自修，而写一封信，却明白通达，没有一点拖沓，从不见一个别字。他写的字，甚为秀丽。想想吧！他只读了四年书呀！我们读了十几年书，平日还好像手不释卷似的，有时思想见识，还远不及他呢。

太平之战以后，父亲已是十三四岁了，所有家业，已荡然无存，米行早已抢光、烧光了，同族中的人，死亡的死亡了，失踪的失踪了，阊门外花步里的故宅，夷为一片瓦砾之场了（这一故址，后来为武进盛氏，即盛宣怀家所占，我们想交涉取回，但契据已失，又无力重建房子，只好放弃了）。我们只是商家，不是地主，连半顷之田也没有。

在这次内战以前，阊门外是商贾发达，市廛繁盛之区，所以称之为"金阊"。

从枫桥起，到什么上津桥，接到渡僧桥，密密层层的都是商行。因为都是沿着河道，水运便利，客商们都到苏州来办货。城里虽然是个住宅区，但比较冷静，没有城外的热闹。自经此战役后，烧的烧，拆的拆，华屋高楼，顷刻变为平地了。我的外祖家，从前也住在阊门外来凤桥，母亲常常说起，为了战事而桥被炸断。

父亲到十四岁时，不能再读书，非去习业不可了。从前子弟的出路，所有中上阶层者，只有两条路线：一条是读书，一条是习业。读书便是要考试，习举子业，在科举上爬上去。但是父亲因为幼年失学，已经是来不及了。而且这一条路，有好多人是走不通的，到头发白了，还是一个穷书生。所以，父亲经过了亲族会议以后，主张是习业了。

当时苏州还有一种风气，习业最好是钱庄出身。以前没有银行，在北方是票号，在南方是钱庄。凡是钱庄出来的，好似科举时代的考试出身（又名为正途出身），唱京戏的科班出身一样。并且钱庄出身的最好是小钱庄的学徒出身，方算得是正途。在亲族会议中，便有人提出此议，如打算盘，看洋钱（当时江浙两省，已都用墨西哥银圆了，称之为鹰洋，因上有一鹰），以及其他技术，小钱庄的师父肯教（以经理先生为师父，也要叩头拜师）。大钱庄经理先生，都是老气横秋，摆臭架子，只有使唤学徒，不肯教导学徒。

从前当学徒是很苦的，尤其当那种小钱庄的学徒，如做童仆一般。祖母只有父亲一个儿子，而且是遗腹子，如何舍得？但为了儿子的前途计，只得忍痛让他去了。可是父亲却很能耐苦，而且身体也很健实，大概是几年内奔走逃难，锻炼过来的了。他却不觉得吃苦，处之怡然。

这家小钱庄，只有一间门面。当学徒的人，并无眠床，睡眠时，等上了排门（从前苏州无打烊的名称，而也忌说关门两字），把铺盖摊在店堂里睡觉，天一亮，便起来卷起铺盖，打扫店堂，都是学徒们的职司。吃饭时给经理先生装饭、添饭，都是学徒的事。他要最后一个坐在饭桌上去，最先一个吃完饭。鱼肉荤腥，只有先生们可吃，他们是无望的。有的店家，经理先生的夜壶，也要学徒给他倒的。但是这一钱庄的经理很客气，而且对于我父颇器重，很优待，常教他一切关于商业上的必须业务。

三年满师以后，我父便被介绍到大钱庄去了。因为我们的亲戚中，开钱庄，做东家的极多，只要保头硬，便容易推荐。到了大钱庄，十余年来，父亲升迁得极快，薪水也很优，在我生出的时候，父亲已是一位高级职员了。钱庄里的职员表，我实在弄不清，总之这个经理的大权独揽（经理俗名"挡手"），亦有什么"大伙""二伙"之称，又有什么账房，跑街等名目，大伙就是经理，父亲那时是二伙了。一家大钱庄，至少也有二三十人。现在那些吃钱庄饭的老年人，当还有些记得吧？

但我到约摸七八岁光景，父亲已脱离了钱庄业了。父亲的脱离钱庄，是和那家的挡手（即经理）有了一度冲突，愤而辞职。当时一般亲戚，都埋怨他：倘然有了别处高就而跳出来，似乎还合理，现在并无高就，未免太失策了。可是父亲很愤激，他说：这些钱庄里的鬼蜮伎俩，我都看不上眼，我至死不吃钱庄饭，再不做"钱狲狲"了（钱狲狲乃吴人诟骂钱庄店员之词）。

生命时钟 / 周海亮

生命的最后一刻，亲情让他不舍离去

> 生命的最后一刻，亲情让他不忍离去。
> 悠悠亲情，每一个世人的生命时钟。

朋友的父亲病危，朋友从国外给我打电话，让我帮他。

我知道他的意思，即使以最快的速度，他也只能在四个小时后赶回来，而他的父亲，已经不可能再挺过四个小时。赶到医院时，见到朋友的父亲浑身插满管子，正急促地呼吸。床前，围满了悲伤的亲人。

那时朋友的父亲狂躁不安，双眼紧闭着，双手胡乱地抓。我听到他含糊不清地叫着朋友的名字。

每个人都在看我，目光中充满着无奈的期待。我走过去，轻轻抓起他的手，我说，是我，我回来了。

朋友的父亲立刻安静下来，面部表情也变得安详。但仅仅过了一会儿，他又一次变得狂躁，他松开我的手，继续胡乱地抓。

我知道，我骗不了他。没有人比他更了解自己的儿子。

于是我告诉他，他的儿子现在还在国外，但四个小时后，肯定可以赶回来。我对朋友的父亲说，我保证。

我看到他的亲人们惊恐的目光。

但朋友的父亲却又一次安静下来，然后他的头，努力向一个方向歪着，一只手急切地举起。

我注意到，那个方向的墙上，挂了一个时钟。

我对朋友的父亲说，现在是一点十分。五点十分时，你的儿子将会赶来。

朋友的父亲放下他的手，我看到他长舒一口气，尽管他双眼紧闭，但我仿佛可以感觉到他期待的目光。

每隔十分钟，我就会抓着他的手，跟他报一下时间。四个小时被一个个十分钟整齐地分割，有时候我感到他即将离去，但却总被一个个的十分钟唤回。

朋友终于赶到了医院，他抓着父亲的手，他说，是我，我回来了。

我看到朋友的父亲从紧闭的双眼里流出两滴满足的眼泪，然后，静静地离去。

朋友的父亲，为了等待他的儿子，为了听听他的儿子的声音，挺过了他生命中最后，也是最漫长的四个小时。每一个医生都说，不可思议。

后来，我想，假如他的儿子在五小时后才能回来，那么，他能否继续挺过一个小时？

我想，会的。生命的最后一刻，亲情让他不忍离去。悠悠亲情，每一个世人的生命时钟。

父亲就是一座"山" / 何龙飞

有一种情，叫情深似海；有一种爱，叫父爱如山

> 父亲其实就是一座胸怀宽广、包容万物、
> 阅历丰富、给人以慈爱和温暖、力量的"山"，
> 形象越来越高大。

父亲与共和国同龄，瘦高的身材，浑身上下透出吃苦耐劳、干练、坚韧、朴实的气质，在我们的心目中，就是一座"山"。

不是吗？父亲吃过苦，受过难，感触颇深。尤其是爷爷、奶奶在灾年相继去世后，父亲吃草根、树皮、树叶乃至不易消化的白鳝泥充饥，睡草树边或深基里，境况更为凄惨。然而，正是这些经历，磨炼了父亲的意志，提升了父亲的生存能力，激发了父亲靠打拼出人头地的动力。

于是，父亲年纪轻轻就进了大队篮球队，经常到公社或其他大队比赛，成了"骨干队员"；在大集体劳动中，能担两百多斤重的东西，挣的工分属于"冒尖"范畴，成为"劳动能手"；到桥工处、炸礁队工作，年年被评为"先进"；修襄渝铁路时，还当上了班长，立了功，受了奖；学木匠手艺，认真、踏实、勤奋，要不了多久就学会了，且时间一长便熟能生巧，

赢得了"又快又好木匠"的口碑。

对于这些，父亲倍感欣慰，总结出"只有像大山一样笑迎风霜雪雨，顽强、执着地应对，才能迎来春天"的道理。

谙得此理后，父亲在媒人的穿针引线下，与母亲喜结"连理"，有了我和弟弟，享受到了幸福和温馨。那时，父亲笑得合不拢嘴，心里乐开了花，恰似大山逢春，绚烂美丽，生机勃勃。

我和弟弟的童年，父亲没有少操心。每当我们感冒后，父亲总是把我们夹在腋下睡一晚，出了汗后，就渐渐痊愈了；我跟随母亲到老场摘构叶来喂猪，不慎坠落到悬崖下泥夹石的地方，所幸无大碍，只是摔疼，但父亲闻讯后，伤心极了，反复叮嘱我、母亲"一定要小心"；与邻居关系相处不够融洽，父母决定搬家，把我们像宝贝一样看管，千方百计确保安全；我们瞒着父亲到塘里游泳，他得知情况后，把我们抓了个现行，严肃地进行了批评教育，用心可谓良苦；冬天，我们没有棉衣、棉裤、棉鞋穿，冷得发抖，还长了冻疮。父亲看在眼里，急在心里，及时给远在江苏的二姨写信求援。不久，父亲收到了棉衣、棉裤、棉鞋，解了我们的急难。

读书后，父亲更是疼爱、鼓励我们。瞧，他经常把我们带到一个叫陈家嘴的地方进行教导，坚定我们读书的信心，特别是他以大队、生产队里考出来的大中专生为榜样，更是激发了我们读书的力量，不能不令我们感动不已。

我们读书的费用急需落实，可把父亲急得像热锅上的蚂蚁。还是他硬着头皮，找亲朋好友借，甚至到信用社贷款，也要满足我们的需要。不是很急时，父亲则外出做木活，挑黄沙，抬预制板，下苦力挣钱，凑足费用供我们读书。

第一次升学考试落榜了，我们灰心丧气，郁闷不已。父亲见状，鼓励我们"哪里跌倒哪里爬起来""失败乃成功之母""有志者事竟成"，打消了我们的顾虑，振奋了我们的精神。终于，补习两三次后，我们如愿以偿地考上了中专或大专。

成家立业后，父亲一如既往地关爱着我们。没有手机时，父亲常给我们写信，除嘱咐保重身体外，就是提醒我们"好好干工作""要珍惜来之不易的幸福生活"。每每读到那些饱含深情的文字，我们总是感动连连，热泪盈眶。

有了手机且当上领导后，父亲总爱在通话中提醒我们"不该得的钱千万不能得""做个清廉的官才会问心无愧""守住底线最重要"，拳拳爱心，可见一斑。

"小家也要经营好！"父亲常常如是告诫我们，怎能不令我们感激他老人家的关心和祝福呢！当我们的"小家"经受住了考验、和和美美时，父亲满意的情愫溢于言表。

我们每次回老家，父亲再忙也要和我们聊天，喝小酒，陪钓鱼，叫母亲做美味出来吃，俨然款待"贵宾"，令我们有些不好意思。

离别时，父亲总爱送些蔬菜、鸡蛋、葛粉等土特产给我们，嘱咐我们"开车注意安全""到家了，来个电话"。那时那地，望着父亲佝偻的身子，聆听他的肺腑之言，我们的眼眶里噙满了泪水，挥挥手，依依惜别，驾车而去。

待到一家人大团圆时，我们总会和父亲一起忆苦思甜，盘点、分析后，越来越觉得：父亲其实就是一座胸怀宽广、包容万物、阅历丰富、给人以慈爱和温暖、力量的"山"。父亲的形象越来越高大，不能不令我们由衷地热爱、致敬和感恩。

奇迹的名字叫父爱 / 崔修建

尽管他的手掌上满是带血的伤痕，心里却只有孩子

> 这是一位伟大的父亲创造的奇迹，这架钢琴凝聚着远比音乐还要神奇而伟大的力量。

那是青葱的少年时代，极其偶然的一天，他从广播里听到了美妙的钢琴曲。就在那惊雷般的一瞬，他心中涌起了一个强烈的愿望——拥有一架钢琴，弹奏出震撼心灵的乐曲。

然而，直到60年代两个女儿出生后，家境始终清贫的他仍没有机会弹钢琴，拥有自己的一架钢琴，那更是近乎天方夜谭的奢望了。但梦想的种子已经播下了，开花与结果的景象，已经无数次地在他脑海中浮现过。每一次，都像那首雄壮、激越的《命运交响曲》，重重地撞击着他不甘放弃的心灵。

他要让女儿从小就能在那黑白键上弹出清泉般的旋律。那年他25岁，上有老下有小，他每月的工资只有60元，而当时最便宜的一架钢琴也要1200元。于是，一个令人不可思议的想法，紧紧地攥住了心——没技术、

没设备的他，决定要用手工为女儿做一架钢琴。

一架钢琴仅仅机芯上便有8000多个零件，需要100多道繁杂的工序，从没见过钢琴制作图纸的他，经常去文化馆、歌舞团，想方设法地偷偷描画钢琴的结构图。

接下来的困难更是超出了想象，缺钱是一个大问题，在那物质高度匮乏的年代，购买很多今天看来极为日常的东西，都得凭票，而像钢材、铜丝这类的紧缺物质就更难搞到了。

但他没有被难倒，困境逼迫他想出了种种"补救"的办法：用废旧自行车轮里的钢丝、日光灯镇流器里铜丝做琴弦，用门框做琴架，用鞋带做连接击弦机的带子……为了早点儿做出一架钢琴，他起早贪黑地忙碌，花了一年多的时间，他硬是做出了一架有60个键的缩小版的简易钢琴。

当好听的音乐从木头键盘上流淌出来时，他和女儿都甜甜地笑了，尽管他的手掌上满是带血的伤痕。

这时，他没有满足于周围人们的敬佩，又开始琢磨纯靠手工做一架有88个键的标准钢琴。诸多难题一个个地摆在他面前，依然缺少资金、缺少原材料，更为繁杂的工序和需要精细的零件加工……都在考验着他。

累得眼花了，双手一次次受伤，最厉害时连骨头都露出来了，可他从未想到过放弃，他的心头一直回响着美丽的钢琴曲。

整整八年过去了，他的梦想最终如愿成真。带着厚厚茧花的十指抚过那排蕴藏动人旋律的琴键，他自豪地笑了，一如曾经翩翩的少年。

受他的感染，他的三个女儿钢琴演奏水平都很高。如今，大女儿在澳门从事钢琴教育工作，二女儿正留学日本，主修音乐。

他的名字叫王开罗。2008年6月，65岁的他将凝聚了自己无数心血的亲手制作的钢琴，捐赠给了深圳市博物馆。当人们打开琴盖，看到那庞杂、纷繁的结构时，无不由衷地赞叹他非同凡响的手工传奇。

一位音乐家抚摸着这架特别的钢琴，深情地说了一句——这是一位伟大的父亲创造的奇迹，这架钢琴凝聚着远比音乐还要神奇而伟大的力量。

没错，那是一位父亲让梦想开在手掌上的奇迹，它朴素而美丽的名字，叫父爱。

父亲的敲墙声 / 石兵

父亲三岁失去了双腿，但他对儿子的爱却从未有过残缺

> 在夜深人静时，父亲的敲打声总是会准时传来，起初时，儿子仍然会焦躁不安，但渐渐地，一切都发生了改变。

晚上十点，隔壁又传来了父亲的敲墙声，错落有致的敲击声在静谧的夜里显得格外动听，墙的另一边，儿子听着这熟悉的声音，脸上出现了一抹会心的微笑。

一旁的儿媳妇不乐意地说："又傻笑了，在我跟儿子面前，从来没见你这么高兴过。"

儿子连忙把手指放在唇边："嘘，小声点。"

父亲的敲击声一直持续了大约五分钟，正是一首歌的时间，儿子躺在床上静静听着，一直到敲击声停止，儿子才轻轻伸出手指，在墙壁上轻轻敲了几下，作为回应，隔壁又传来两下敲击声，然后一切都安静了下来。

二十年来，相似的情景已经无数次上演，这已成为父子俩的必修课。母亲去世，儿子娶妻，孙子出生，都没有阻止过父子俩的约定。

儿子的童年并不美好，三岁时，儿子就表现出非同一般的音乐天赋，他常常跟着收音机中的音乐起舞，小小的手指随着音乐节拍敲打不停。有一天，一位音乐老师偶尔见到了正在家门口敲打节拍的儿子，一时惊为天人，他对母亲说，儿子的潜质惊人，如果可以，他愿意教儿子弹钢琴。但是，当音乐老师走入儿子的家门，看到徒留四壁的家和躺在床上百无聊赖的父亲时，却不发一言静悄悄地离开了。

相似的情景还曾不止一次重现过，儿子的音乐天赋没有被发掘出来，但父亲却对音乐表现出了浓厚的兴趣。他让母亲买来大量音乐书，开始自学起音乐知识，他还常常跟儿子探讨音乐，但是，渐渐懂事的儿子却毫不犹豫地放弃了对音乐的热爱，他甚至一见到父亲谈论音乐就立刻转身而出，回到自己的小屋一待就是一天。

家境的贫穷让儿子小小年纪便对人生有了清醒的认识，七岁时，他曾经悄悄跑到一家乐器店，在一架洁白的钢琴前呆立了许久，那钢琴真漂亮啊，如果把它搬到家里，自己一定会弹奏出无比动听的音乐，但是，他却知道钢琴标签上那个天文数字是自己家无法承受的，母亲没日没夜的辛劳也只能勉强维持家中的温饱而已，他根本没有资格拥有这个高贵的梦想。这时，他不由自主地有些恨父亲，父亲明明知道自己学不起音乐，还总在他面前谈论音乐，这真的不可原谅，希望父亲早一些停止这无聊的举动吧。

令儿子失望的是，父亲似乎真的迷上了音乐，儿子一回家，父亲就会自顾自地说个不停，说到高兴处，他还会用他那修长干瘦的手指在墙壁上敲击不停，那声音零散空洞，听在儿子耳中更是变得刺耳而充满嘲讽。

儿子渐渐长大了，他习惯了父亲的无所事事和痴迷音乐，虽然父亲敲墙的技术越来越好了，有时甚至会抑扬顿挫地敲上半个钟头，但儿子仍然提不起半点兴趣，倒是母亲喜欢上了这种声音，听到父亲有节奏的敲击声，母亲的脸上便会露出笑容，那笑容在母亲皱纹密布的脸上绽开，有一种说不出的滋味。

父亲注意到了儿子的反感，他眼中常常会闪过一抹伤感，更让他担忧的是，随着年纪长大，儿子变得沉默而敏感，这是很危险的事情，该怎么办呢？父亲若有所思。

儿子十六岁生日那天，父亲用手指给他敲了一曲《生日快乐》，看到儿子的脸色略有缓和，父亲小心翼翼地说："孩子，我想跟你约定一件事。"

"什么事？"儿子有些不耐烦地问。

"每天晚上睡觉前，爸爸会在墙上给你敲一支曲子，你如果听了，就敲敲墙回应一下。好吗？"

儿子下意识地想拒绝，但看到父亲一脸的紧张和母亲一脸的祈求，他犹豫了一下，点点头答应了，但他接着又提出了自己的要求，希望父亲除了晚上敲一支曲子，其他时间就不要再谈论音乐或是敲打墙壁了。

从此后，父亲一直忠实履行着这个约定。在夜深人静时，父亲的敲打声总是会准时传来，起初时，儿子仍然会焦躁不安，但渐渐地，一切都发生了改变。

夜深时，听着父亲有节奏的敲墙声，儿子的心境竟然渐渐平和下来，那敲打声让寂静的午夜具有了某种震慑人心的力量，它似乎把暗夜中隐藏的真实逐一显现了出来，让儿子有了面对内心的勇气和力量，他渐渐陶醉其中，想起了许多尘封的往事。他想起童年时自己坐在父亲肩头开心地笑着，他想起父亲健壮的手臂是那么温暖而安全，他想起躺在床上的父亲在午夜里悄悄落泪，众多往事纷然沓至，让他清晰地看到了一个一直被忽视的父亲，突然，他的心猛然颤动了一下，他想起了如今正在隔壁用心敲打墙壁的父亲，紧接着，这种颤动剧烈起来，终于，儿子心灵最深处那处最柔软的所在被触动。在简单的敲击声中，他听到了许多东西，有倾诉，有痛苦，有坚强，还有一颗父亲博大而脆弱的心。

儿子十八岁的时候，积劳成疾的母亲去世了。弥留之际，她拉着儿子的手说：别怪你爹，他心里比谁都苦，但是，他答应过娘，不能走在我前面，现在，我要你答应我，让你爹好好活下去。

母亲走后，儿子哭着把父亲从床上背起，把他背到母亲坟前，父子俩抱头痛哭了一场。那一刻，他终于能够正视自己的父亲了，虽然，父亲在他三岁时就因为一次事故失去了双腿，但父亲对他的爱却从未有过一丝残缺，想起心如死灰的父亲强装笑颜与他谈论音乐和敲击墙壁，他的心中总是充满了深深的愧疚，他知道，那是父亲在用自己的痛苦为他带来生活的希望。

以后的日子里，他习惯了每个夜晚听隔壁父亲的敲墙声，后来，听众里多了他的妻子和儿子。

儿子曾经问过他，爷爷为什么要敲墙呢？他回答，那是爷爷和爸爸的约定，爷爷是在用墙弹奏音乐呢，你听，爷爷弹得多好听啊，比世界上任何一种乐器都好听，因为，爷爷是用心在弹，弹的是一首名为爱的曲子。

父亲的草帽 / 王国军

父爱，如高山般威严，似大海般柔情

> 每次回家，我都照例要看看那顶草帽，
> 我知道，父亲的言行举止，早已深深刻入了
> 我的记忆，也将影响我的一生。

在我的橱柜里的最上面，摆放着一顶草帽，上面贴满了我和父亲的大头贴。每一天回家，我都会习惯性地打开橱柜，我曾不止一次充满感恩的回忆父亲戴着草帽的情景。

我们住在城市最穷的贫民窟里，父亲在建筑工地上打工，靠卖体力赚几块生活费，从没出过远门，他这辈子最大的希望就是让我们能去外边闯闯。哥哥高三那年没考上大学，辍学去了广州，读初中的我便成了父母心中最大的目标和希望。

1998年，我顺利考取了湖南师范，成为我们村第一个考取名牌大学的人，父母乐坏了，可没过几天，他们就为巨额的学费犯愁了。望着家徒四壁的房子，我第一次流下悔恨的眼泪，如果我不考那么多分，他们也就不会如此着急了。我说："我不读了，我要像哥哥一样去挣钱养你们。"父亲

火了："你哥哥，你哥哥就是因为书读得少，在外面连自己都养活不了，学他那样，那你就一辈子都没出息了。"我沉默了。

晚上吃饭时，母亲特意炒了一个青椒肉丝，这肉还是母亲去求肉店老板好多次才赊到的，母亲夹了一块给我，她郑重地对我说："孩子，安心读你的书，不要担心。就算卖了这房子，我也要供你读完大学。"

话是这么说，可借起钱来，就头疼了，那阵，父亲天天在外面奔波，跑遍了所有的亲戚好友，求遍了能求的朋友，离我的学费还差一段距离，最后，父亲一咬牙，以三分的利息借了1000多元。

俗话说，穷人的孩子早当家。我更是恨不得把一分钱掰成两分来用。为了省钱，我早上用开水泡从家里带来的黄米粉，中午和晚上买两个化饼或者馒头，再泡杯开水就算了事，一月到头，我才吃一顿肉。我还在勤工部找了份清洁的活，可即便如此，还是觉得钱不够用。

大三后，班上很多同学都开始谈恋爱，我成了寝室里唯一的单身，他们想给我介绍，被我拒绝了，我连自己都养不活，还有什么资格去涉足爱情呢。1999年12月6日，我刚准备起身，从腹部传来的一阵剧痛立刻让我昏厥过去。当我醒来时，人已经躺在医院了，医生说我是急性阑尾炎，需要立即动手术，否则有生命危险。赶来的班主任二话不说，帮我垫付了医药费。

手术后的第三天，同学告诉我，我的父亲来了，正在班主任那儿呢。我心一惊，心想父亲怎么知道这事了，我原本是想瞒着的，我不希望他再为我担忧。隔了一会，一个戴着草帽的人敲门进来了，是父亲。

我挣扎着想爬起来，被父亲喊住了，"你们学校真大，要不是有同学带路，我真迷了路。怎么样，好些了吧？"

我点点头，父亲在床边坐下，脱下草帽，我看见他的头发白了一片。

"好了，好多了。您怎么来了？"我问。

"要不是你班主任告诉我，我们还不知道呢。"父亲有些责怪，"孩子，以后有事情不要瞒我们了，有什么苦难，我们四个人一起去承担，毕竟，我们都是一家人啊。"

我忽然想起父亲的那句口头禅：咱家虽穷，可也要穷得有志气。我使劲点点头，父亲又仔细打量了我一番，微笑着说："真好了，那我就放心了，这里还有些钱，你拿着用。"说着，父亲从内裤兜里摸出一个塑料袋，父亲打开袋子，里面有一沓钱。父亲仔细数了数，一共是615元。"600块，你拿着。"

600？我不由得一愣："再加上医药费，哪来的这么多钱？"

父亲干咳了一声："还不是东凑凑，西借借。唉！孩子，钱来之不易，要省着花。"父亲把600块钱放在我的手里，又看了看，把最后的15元也放在我手上。

我惊讶地问："爸，都给我了，你回去怎么办？"

"我这腿扎实着呢。"

我捧着这带着父亲体温的600块钱，含着泪点了点头："爸，你放心吧。"

父亲简单的在外面买了一个馒头，然后进来跟我道别，刚走出门，他又转头说："孩子，回家路费贵，寒假要是没什么特别的事，就，就不用回来了。我和你妈都好着呢。"

我心头一震，默默地点了点头。

转眼，寒假来临，我想起父亲的嘱托，一个人留在寝室看书，这一切都被班主任看在眼里，有一天晚上他喊我到他家吃饭。吃了饭，班主任慎重地掏出50块钱给我："上次你爸爸给钱时，多给了50块，你拿着做路费，逢年过节的，怎么能不回去呢？"

我含着眼泪收下了，当天就买了回去的票。

夜幕降临时，我走到家门口，本来想给他们一个惊喜，推开门，我傻了。

里面摆着各种各样的高档家电，这是我的家吗？我揉揉眼睛，不敢相信这眼前的一切，一个小女孩走了过来："你找谁啊？"

"这是我的家，你怎么在这？我爸爸妈妈呢？"我放下书包，疑惑地问。

从厨房里走出一对中年男女，上上下下打量了我一番，男的说："你应该是老王的儿子吧？这房子，你爸爸早卖给我了，他没跟你说么？"

只感觉脑袋嗡的一声，我差点栽倒在地上。我问："什么时候的事情？"

"大概三个月前。"男人想了想，说："你那次得病，你爸爸没钱，只好把这房子卖了。"男人笑了笑，"这房子虽然破了点，但住起来，舒服。"

"他们现在在哪？"我咬着眼，尽量控制着眼里的泪水。

"就在人民路3号的工地上，快去找他们吧。"

我强忍着泪，直往外面跑，当时我脑子里只有一个想法，我是个不孝的儿子，连唯一的窝也因为我被迫卖了，我心里深深自责着。

也不知道跑了多久，我看见一处围墙包围着的空地上树立着几个帐篷。跑近时，第一个帐篷里传来父亲的声音。掀起门帘，父亲戴着草帽站在梯子上补顶棚，母亲在一旁做饭。

"爸！妈！"我走过去，泪水不争气地流下来。他们先是一愣，半晌后，母亲叹了口气，说："我知道你会回来的，回来了就好，这个家虽然简陋了点，但至少还可以住。"

"我去砍斤肉，再打2两酒来，好久没喝过了，今天得好好痛饮一番。"父亲脱下草帽，我看见他的头发白了一大片。

那一天，父亲跟我唠叨了一晚，到最后，他竟然醉了，母亲和我把他扶进去，母亲说："你爸爸这几年过得实在太苦了，以后记得好好孝顺他。"

我含着眼泪点点头。

刚过元宵，父亲便催着我早回学校，临街前，父亲从内裤袋里摸出塑料袋，也没看，就塞在我的手里，我说："上次那600块，我还没用完，这些，你们留着，都操劳了一辈子，多买点肉补补身体。"

父亲火了："叫你拿就拿。省城不像我们小县城，哪个地方不需要用钱？"父亲叹了口气，继续说，"你也老大不小了，钱该用的时候就用，我和你妈妈在这里还能赚些钱，你不用担心，做好你该做的事情就行了。"

我的眼泪一下淌了下来，点着头接过了钱："爸，你多保重，我走了。"

回到学校，我找了两份家教，虽然累点，但我过得很充实。大学毕业后，我谢绝了好几个名牌企业的邀请，回到了生我养我的家乡，做了一名记者。

那年父亲生日，母亲想让我给父亲买顶新草帽，可父亲不肯，他说："这帽子，都戴了十多年了，早戴出感情了，舍不得扔。"

如今，哥哥也回到了家乡，办起了厂子，父母便到他那帮忙，我也时常去看望他们，父亲每次说："叫你不要跑得这么勤快，就不听。真要有本事，就带个丫头来，年纪都一大把了，还不考虑自己的事情，我和你母亲都等着抱孙子呢。"

我笑笑。我照旧往哥哥厂子跑。元旦节，我带了个姑娘回家，父亲才取下了那顶戴了十多年的草帽，父亲笑着说："是时候让它退休了。"

每次回家，我都照例要看看那顶草帽，我知道，父亲的言行举止，早已深深刻入了我的记忆，也将影响我的一生。

海上的父亲 / 虞燕

父亲前世可能是一条鱼，离开了海那是要生病的

母亲叹了口气，拦过话头说："你们的父亲啊，前世可能是一条鱼，离开了海那是要生病的。"

父亲每每回家，携一身淡淡的海腥味。这个深谙海洋之深广与动荡的人，从来不会在家逗留很久，船才是他漂浮的陆地。以至于在从前的许多年里，在我童年、少年甚至更长的时光里，父亲对于我来讲，更像个客人，来自海上的客人。

那艘木帆船，是父亲海员生涯的起始站。木帆船随风驶行，靠岸时间难以估算，我无法想象稍有风就晕船的父亲是怎么度过最初的海上岁月的。比起身体遭受的痛苦，精神上的绝望更易令人崩溃——四顾之下，大海茫茫，帆船在浪里翻腾，食物在胃里翻腾，跪在甲板上连黄色的胆汁都吐尽了，停泊却遥遥无期……吐到几乎瘫软也不能不顾着船员们的一日三餐。

边吐边喝边干活是父亲那个时候每天的日常。

父亲跟我聊起这些，一脸的云淡风轻，说这是每个海员的必经之路，晕着晕着就晕出头了，一般熬过一年就不晕了。我问父亲：晕船那么难受，船上又那么无聊，靠岸后有没有想过不再去了？他听了很诧异：这是工作，怎么能说不去就不去。我知道，其实他完全可以选择其他工作的，岸上的工作，只是工资没有当海员高。父亲当年是揣着希望下船的，家底太薄，他靠一己之力盖了房子结了婚。

也因为有这样一位海上的父亲，我跟弟弟从小的物质条件算是相对优越的。小岛闭塞，交通不便，父亲从上海、南京、汕头、海南、天津、青岛、大连等地带来的饼干、糖果、玩具、好看的布料，都是那么稀奇。

荔枝最不易保存，而我偏最喜爱，那会船上没有冰箱，父亲每去海南了就多买一些，装进篮子，挂在通风的地方。到家需驶行一周甚至更长时间，他每天仔细地查看、翻动荔枝，拣"流泪"了的吃掉，还新鲜的留着，几斤荔枝到家后往往只剩十来颗。看一双儿女吃得咂嘴舔唇，父亲不住感叹，要是多一些就好了。曾有一次，父亲因为船泊西沙群岛没礼物可带，怕我们失望，上岸后特意拐到岛上的小店买了零嘴儿。这是父亲跟母亲悄悄说话时被我听到的。

而父亲对自己实在吝啬，白色汗衫背心破了好几个洞依然穿着，一件毛衣穿了几十年还舍不得扔。

少时的我时常巴巴地等着父亲完成一班航次回来，倒不是有多想念他，大多半是因为他会带来好吃好玩的，以及那些东西相伴而生的副产品，比如，那种快乐的如过年般的感觉，比如，小伙伴们贴过来的热烈的眼神。

父亲走出木帆船的厨房，是三年之后了。其时，木帆船已式微，父亲调到了机帆船，锚泊系岸、海面瞭望、开仓关仓、手动掌舵、柴油机维护等等，他早做得得心应手。曾有人用两种动物来形容海员——老虎和狗，父亲说实在太形象，海员干活时就跟猛虎一样剽悍，咬咬牙一气呵成，累成狗是经常的事。船上经常会为争取时间连夜装货卸货，寒冷的冬夜，父亲和其他船员奋战在摇摆不定的甲板上，分不清劈头盖脸而来的是大雨还是大浪。一夜下来，他们原本古铜色的脸被海水、雨水泡白了，皱皱的，像糊上去了一层纸。脱掉雨衣后，一拳头打在各自身上，衣服上就会滴下水。

父亲的警觉和反应之快常常让我惊讶，他说都是当海员练出来的。深夜，船体的异常晃动，值班海员的脚步，他人睡梦中的轻微咳嗽，浩淼之处传来的鸥鸟叫，都能使他突然惊醒，且几乎一睁眼就能判断出大概时辰。一经醒转，全身进入一级戒备，观望，静听，再到逐渐放松，这已然成为父亲的习惯。大海诡谲莫测喜怒无常，海浪可以有节奏地轻拍船舷，像在温柔呼吸，也可以汹汹而来掀翻船只，如张着血盆大口的魔鬼。岛上有一句民谚——"三寸板内是娘房，三寸板外见阎王"，足见出洋工作之凶险。

那是父亲海员生涯的第一次生死历险。夜里 11 点多，父亲刚要起来调班，突然听到一声天震地骇的"砰"，同时，整个船像被点着了的鞭炮似地蹦了起来。父亲的脑袋嗡嗡作响，五脏六腑都像要跳脱他的躯体。

触礁了！船长紧急下令，把船上会浮的东西全部绑一起，必须争分夺秒！父亲跟着大伙疾速绑紧竹片木板之类，制成了临时"竹筏"，紧张忙乱到来不及恐惧。待安全转移到"竹筏"，等待救援的父亲才感到后怕，环顾四周，大海浩淼，漆黑得像涂了重墨，望不到一星半点的灯火。彼时正值正月，寒夜冰冷刺骨，带着腥咸味的海风凌厉地抽打着他们的躯体。时间一点点过去，他的绝望越来越深。老船员们给他持续打气，一定要牢牢抓住"竹筏"，只要有一丝生的希望就绝不能放弃。幸运的是，天亮时，有一个捕捞队刚好经过这个海域，救起了他们。

多年后，父亲早已被各种大大小小的惊险事故磨炼得处惊不乱，而对于留守岛上的人，担惊受怕从未停止，苍茫大海里不明所向的船只一再成为我们惊惶失措的牵挂。每到台风天，母亲都会面色凝重地坐在收音机前听天气预报，播音员的声音缓慢、庄重，每一句均重复两遍，"台风紧急警报，台风紧急警报……"我跟弟弟敛声屏气，每一个字都似渔网上的铁坠子，拖着我们的心往下沉往下沉。那个通讯不发达的年代，无措的母亲跟着别人去村委，去海运公司，那里的单边带成了大家最大的精神支撑。随着单边带的嘶嘶声，话筒不断地捏紧放开，代表船号的数字一个个呼出去，来自泱泱大海的信息一个个反馈回来，我们便在一次次的确认中获得慰藉和力量。

我曾经梦到过父亲在海上遭遇不测，梦里大恸，醒来后依然哭得不可抑制，继而埋怨父亲为什么要选择这么危险的职业，害家里人过得如此提心吊胆，还任性地叫父亲不要再当海员了。父亲愣了好一会才回答：我都这把年纪了，不当海员不知道该做什么……母亲叹了口气，拦过话头说：你们的"父亲啊，前世可能是一条鱼，离开了海那是要生病的"。

我见过父亲在陆上生活的无以聊赖和郁郁寡欢。父亲所在的那艘两千六百吨大货船货舱高达四五米，进出都必须爬梯子。几次爬进爬出后，不知道是不是体力不支，父亲竟一个趔趄滑倒于货舱底部，导致手臂骨折，被送上岸休养。待在家的父亲看起来羸弱而颓丧，埋头从房间走到院子，又从院子回到房间，一天无数次。母亲有些抓狂，说被父亲转晕了，跟晕船似的。看电视时，他对着电视发呆，跟他说话，他答非所问。三番五次打电话给同事问船到哪了，卸货是否顺利，什么时候返航，他像条不小心被冲上岸的鱼，局促、焦躁、神不守舍，等待再次回到海里的过程是那么煎熬。

就休息了一个航次，还未痊愈的父亲便急吼吼赶往了船上，母亲望着他的背影咬牙道：这下做人踏实了。

我时常想起那个画面：水手长父亲右手提起撇缆头来回摆动，顺势带动缆头做 45 度旋转，旋转两三圈后，利用转腰、挺胸、抡臂等连贯动作，将撇缆头瞬时撇出，不偏不倚正中岸上的桩墩。

船平稳靠岸。父亲身后，大海浩瀚无际，澹然无声。

沉重的十元钱 / 崔修建

那十元钱，藏着只有他才能读懂的内容

攥着那浸着汗水的十元钱，他禁不住放声大哭，同寝室的同学惊诧望着他，不知究竟发生了什么事情。

要是他的生日在寒暑假里，那该有多好啊。

可他的生日偏偏在开学后的第二个星期，这时候每个同学的兜里都揣着不少钱，即使像他这样的贫困户，也有两个月的生活费。

他们寝室早已有了不成文的规定，谁过生日都得请大家到饭店吃一顿，他已逃过两次了，在中专读书的最后一个生日恐怕躲不过去了。因为大家从开学那天起，就在念叨着，就已经开始了倒计时。

那天早上，咬咬牙，他故作潇洒地一挥手，宣布晚上带全寝室的哥们儿去那家酒楼大餐一次，他的兄弟们"乌拉"地叫喊着，像中了大奖似的，全然不顾他心里多么难过。

晚上，八个人围着一桌丰盛的菜肴，举杯畅饮。看着大家痛快地帮他把两个月的生活费轻松地消灭掉，他心里一边暗骂着这些好吃好喝的室友，一边为自己寒酸的家境伤感。

也许是心情抑郁的缘故，没几杯酒下肚，他便开始有些头晕。等大家喝到高潮，有人提议去歌厅唱一会儿歌，他当时恨不得使劲儿踹一脚那个提议者，因为他兜里的钱实在不多了。

可他最后还是跟着大家进了舞厅。等往学校走的时候，他的钱已花得只剩下几块零钱了。

第二天早上，醒过酒来，摸摸干瘪的口袋，他开始有些懊悔自己昨晚不该那样逞能，可钱已花出去了，没法再追回来了，他只能琢磨怎样把眼下的日子熬过去。他不想立刻向同学们借钱，怕大家会因此更瞧不起他。

忽然，他想到父亲刚刚来到他读书的城市打工，也许……他忐忑不安地来到那个搬家公司。不巧，父亲出去干活了，等了一个多小时，父亲仍没有回来，他的肚子已经饿了。在马路边，他看到两个啃着干粮焦急地等着被雇去搬家的乡下人，他们竟有点儿羡慕地说他父亲今天找到活儿了，并告诉了他父亲干活的具体地点。

倒了两次车，顶着炎炎烈日，他拖着沉重的脚步，七拐八拐，他终于来到一个新建的住宅小区。

他快步走近那栋楼，看到父亲正背着一台冰箱小心翼翼地一点点地慢慢挪动着上楼，父亲瘦弱的身子好像背负着一座大山，压得他几乎佝偻成了直角。他过去想要帮父亲一把，父亲喊住他，不让他插手，怕他掌握不好平衡，碰坏了人家的冰箱。

从坐在车上的司机口中，他得知父亲和另外两名搬运工，花了整整一上午的时间，从另一个七楼，把两货车大大小小的东西搬了下来，再一趟趟地搬上这一个七楼。平均每个人得上下五十多次，还得保证不碰坏雇主一点儿东西，才能拿到十元钱的报酬……

待父亲从楼上走下来时，他看见他的上衣全都被汗水湿透，头发湿漉漉的，像是刚刚洗过一样散着热气，嘴里呼呼地喘着粗气。

看到已经五十岁出头的父亲，还要干那种许多年轻人都吃不消的繁重的体力活儿，而他……一想到在来时路上，他精心编好的向父亲要钱的堂皇的理由，他感到自己的脸似被猛地抽了一巴掌，火辣辣的。他垂着头，没有回答父亲问他为什么来找他，只说了一句来看看父亲，便转身跑开了。听到父亲在身后喊他，可他不敢回头，他的眼泪已经模糊了双眼。

傍晚，当他心情沉重地回到寝室时，同寝的一位同学交给他一张揉搓得有点儿皱巴的十元钞票，说是他父亲下午送来的，父亲还让那位同学转告他：要吃饱饭，别着急，他明天还有活儿，还能给他挣钱。

攥着那浸着汗水的十元钱，他禁不住放声大哭，同寝室的同学惊诧望着他，不知究竟发生了什么事情。

后来他才知道，在那个劳动力严重过剩的城市里，像父亲这样没什么技艺的农村来的打工者，即使找一份那样出苦力的活儿，也是相当不容易的，那十元钱是父亲来到这个城市挣下的第一笔钱。为了省下五毛钱的公共汽车票，干了一上午重活儿的父亲，硬是走了半个多小时的路才匆忙赶来。父亲猜想他肯定是兜里没钱了，才去找他的。

不久，他找了一份家教，边打工边上学。从那以后，他学习特别刻苦，每学期都拿一等奖学金，生活极节俭，再也没有胡乱花一分钱。

父亲那天亲自送来的那十元钱，他一直没有花，一直放在贴胸口的内衣兜里，因为那是在他成长的岁月中，父亲送给他的一份沉重而珍贵的礼物。每当他看到它，他就仿佛看到了父亲那双关切的眼睛，那里面藏着只有他才能读懂的深邃的内容……

第 2 辑

人世间美好难得的感情

雪落无声，真爱无言。

父爱和母爱一样伟大，

只不过，父亲不善于表达，

因此，父爱比母爱更含蓄，更深沉，

甚至不易察觉。

但是，父爱却渗入了我们生活的点点滴滴：

恐惧时，父爱是一块踏脚的石；

黑暗时，父爱是一盏照明的灯；

枯竭时，父爱是一湾生命之水；

努力时，父爱是精神上的支柱；

成功时，父爱是鼓励与警钟……

父爱，人世间美好难得的感情，

普通又伟大，平凡且高尚！

我们现在怎样做父亲 / 鲁迅

父母对于子女，应该健全的产生，尽力的教育，完全的解放

> 觉醒的父母，完全应该是义务的，利他的，牺牲的，很不易做；而在中国尤不易做。

我作这一篇文的本意，其实是想研究怎样改革家庭；又因为中国亲权重，父权更重，所以尤想对于从来认为神圣不可侵犯的父子问题，发表一点意见。总而言之：只是革命要革到老子身上罢了。但何以大模大样，用了这九个字的题目呢？这有两个理由：

第一，中国的"圣人之徒"，最恨人动摇他的两样东西。一样不必说，也与我辈决不相干；一样便是他的伦常，我辈却不免偶然发几句议论，所以株连牵扯，很得了许多"铲伦常""禽兽行"之类的恶名。他们以为父对于子，有绝对的权力和威严；若是老子说话，当然无所不可，儿子有话，却在未说之前早已错了。但祖父子孙，本来各各都只是生命的桥梁的一级，决不是固定不易的。现在的子，便是将来的父，也便是将来的祖。我知道我辈和读者，若不是现任之父，也一定是候补之父，而且也都有做祖宗的希望，所差只在一个时间。为想省却许多麻烦起见，我们便该无须客气，尽可先行占住了上风，摆出父亲的尊严，谈谈我们和我们子女的事；不但将来着手实行，可以减少困难，在中国也顺理成章，免得"圣人之徒"听了害怕，总算是一举两得之至的事了。所以说，"我们怎样做父亲。"

第二，对于家庭问题，我在《新青年》的《随感录》（二五，四十，四九）中，曾经略略说及，总括大意，便只是从我们起，解放了后来的人。论到解放子女，本是极平常的事，当然不必有什么讨论。但中国的老年，中了旧习惯旧思想的毒太深了，决定悟不过来。譬如早晨听到乌鸦叫，少年毫不介意，迷信的老人，却总须颓唐半天。虽然很可怜，然而也无法可救。没有法，便只能先从觉醒的人开手，各自解放了自己的孩子。自己背着因袭的重担，肩住了黑暗的闸门，放他们到宽阔光明的地方去；此后幸福的度日，合理的做人。

还有，我曾经说，自己并非创作者，便在上海报纸的《新教训》里，挨了一顿骂。但我辈评论事情，总须先评论了自己，不要冒充，才能像一篇说话，对得起自己和别人。我自己知道，不特并非创作者，并且也不是真理的发见者。凡有所说所写，只是就平日见闻的事理里面，取了一点心以为然的道理；至于终极究竟的事，却不能知。便是对于数年以后的学说的进步和变迁，也说不出会到如何地步，单相信比现在总该还有进步还有变迁罢了。所以说，"我们现在怎样做父亲。"

我现在心以为然的道理，极其简单。便是依据生物界的现象，一，要保存生命；二，要延续这生命；三，要发展这生命（就是进化）。生物都这样做，父亲也就是这样做。

生命的价值和生命价值的高下，现在可以不论。单照常识判断，便知道既是生物，第一要紧的自然是生命。因为生物之所以为生物，全在有这生命，否则失了生物的意义。生物为保存生命起见，具有种种本能，最显著的是食欲。因有食欲才摄取食物，因有食物才发生温热，保存了生命。但生物的个体，总免不了老衰和死亡，为继续生命起见，又有一种本能，便是性欲。因性欲才有性交，因有性交才发生苗裔，继续了生命。所以食欲是保存自己，保存现在生命的事；性欲是保存后裔，保存永久生命的事。饮食并非罪恶，并非不净；性交也就并非罪恶，并非不净。饮食的结果，养活了自己，对于自己没有恩；性交的结果，生出子女，对于子女当然也算不了恩。——前前后后，都向生命的长途走去，仅有先后的不同，分不出谁受谁的恩典。

可惜的是中国的旧见解，竟与这道理完全相反。夫妇是"人伦之中"，却说是"人伦之始"；性交是常事，却以为不净；生育也是常事，却以为天大的大功。人人对于婚姻，大抵先夹带着不净的思想。亲戚朋友有许多戏谑，自己也有许多羞涩，直到生了孩子，还是躲躲闪闪，怕敢声明；独有对于孩子，却威严十足，这种行径，简直可以说是和偷了钱发迹的财主，不相上下了。我并不是说，——如他们攻击者所意想的，——人类的性交也应如别种动物，随便举行；或如无耻流氓，专做些下流举动，自鸣得意。是说，此后觉醒的人，应该先洗净了东方固有的不净思想，再纯洁明白一些，了解夫妇是伴侣，是共同劳动者，又是新生命创造者的意义。所生的子女，固然是受领新生命的人，但他也不永久占领，将来还要交付子女，像他们的父母一般。只是前前后后，都做一个过付的经手人罢了。

生命何以必需继续呢？就是因为要发展，要进化。个体既然免不了死亡，进化又毫无止境，所以只能延续着，在这进化的路上走。走这路须有一种内的努力，有如单细胞动物有内的努力，积久才会繁复，无脊椎动物有内的努力，积久才会发生脊椎。所以后起的生命，总比以前的更有意义，更近完全，因此也更有价值，更可宝贵；前者的生命，应该牺牲于他。

但可惜的是中国的旧见解，又恰恰与这道理完全相反。本位应在幼者，却反在长者；置重应在将来，却反在过去。前者做了更前者的牺牲，自己无力生存，却苛责后者又来专做他的牺牲，毁灭了一切发展本身的能力。我也不是说，——如他们攻击者所意想的，——孙子理应终日痛打他的祖父，女儿必须时时咒骂他的亲娘。是说，此后觉醒的人，应该先洗净了东方古传的谬误思想，对于子女，义务思想须加多，而权力思想却大可切实核减，以准备改作幼者本位的道德。况且幼者受了权力，也并非永久占有，将来还要对于他们的幼者，仍尽义务，只是前前后后，都做一切过付的经手人罢了。

"父子间没有什么恩"这一个断语，实是招致"圣人之徒"面红耳赤的一大原因。他们的误点，便在长者本位与利己思想，权力思想很重，义务思想和责任心却很轻。以为父子关系，只须"父兮生我"一件事，幼者的全部，便应为长者所有。尤其堕落的，是因此责望报偿，以为幼者的全部，理该做长者的牺牲。殊不知自然界的安排，却件件与这要求反对，我们从古以来，逆天行事，于是人的能力，十分萎缩，社会的进步，也就跟着停顿。我们虽不能说停顿便要灭亡，但较之进步，总是停顿与灭亡的路相近。

自然界的安排，虽不免也有缺点，但结合长幼的方法，却并无错误。他并不用"恩"，却给予生物以一种天性，我们称他为"爱"。动物界中除了生子数目太多——爱不周到的如鱼类之外，总是挚爱他的幼子，不但绝无利益心情，甚或至于牺牲了自己，让他的将来的生命，去上那发展的长途。

人类也不外此，欧美家庭，大抵以幼者弱者为本位，便是最合于这生物学的真理的办法。便在中国，只要心思纯白，未曾经过"圣人之徒"作践的人，也都自然而然的能发现这一种天性。例如一个村妇哺乳婴儿的时候，决不想到自己正在施恩；一个农夫娶妻的时候，也决不以为将要放债。只是有了子女，即天然相爱，愿他生存；更进一步的，便还要愿他比自己更好，就是进化。这离绝了交换关系利害关系的爱，便是人伦的索子，便是所谓"纲"。倘如旧说，抹杀了"爱"，一味说"恩"，又因此责望报偿，那便不但败坏了父子间的道德，而且也大反于做父母的实际的真情，播下乖剌的种子。有人做了乐府，说是"劝孝"，大意是什么"儿子上学堂，母亲在家磨杏仁，预备回来给他喝，你还不孝么"之类，自以为"拼命卫道"。殊不知富翁的杏酪和穷人的豆浆，在爱情上价值同等，而其价值却正在父母当时并无求报的心思；否则变成买卖行为，虽然喝了杏酪，也不异"人乳喂猪"，无非要猪肉肥美，在人伦道德上，丝毫没有价值了。

所以我现在心以为然的，便只是"爱"。

无论何国何人，大都承认"爱己"是一件应当的事。这便是保存生命的要义，也就是继续生命的根基。因为将来的运命，早在现在决定，故父母的缺点，便是子孙灭亡的伏线，生命的危机。易卜生做的《群鬼》虽然重在男女问题，但我们也可以看出遗传的可怕。欧士华本是要生活，能创作的人，因为父亲的不检，先天得了病毒，中途不能做人了。他又很爱母亲，不忍劳他服侍，便藏着吗啡，想待发作时候，由使女瑞琴帮他吃下，毒杀了自己；可是瑞琴走了。他于是只好托他母亲了。

欧："母亲，现在应该你帮我的忙了。"

阿夫人："我吗？"

欧："谁能及得上你。"

阿夫人："我！你的母亲！"

欧："正为那个。"

阿夫人："我，生你的人！"

欧："我不曾教你生我。并且给我的是一种什么日子？我不要他！你拿回去罢！"

这一段描写，实在是我们做父亲的人应该震惊戒惧佩服的；决不能昧了良心，说儿子理应受罪。这种事情，中国也很多，只要在医院做事，便能时时看见先天梅毒性病儿的惨状；而且傲然的送来的，又大抵是他的父母。但可怕的遗传，并不只是梅毒，另外许多精神上体质上的缺点，也可以传之子孙，而且久而久之，连社会都蒙着影响。我们且不高谈人群，单为子女说，便可以说凡是不爱己的人，实在欠缺做父亲的资格。就令硬做了父亲，也不过如古代的草寇称王一般，万万算不了正统。将来学问发达，社会改造时，他们侥幸留下的苗裔，恐怕总不免要受善种学（Eugenic）者的处置。

倘若现在父母并没有将什么精神上体质上的缺点交给子女，又不遇意外的事，子女便当然健康，总算已经达到了继续生命的目的。但父母的责任还没有完，因为生命虽然继续了，却是停顿不得，所以还须教这新生命去发展。凡动物较高等的，对于幼雏，除了养育保护以外，往往还教他们生存上必需的本领。例如飞禽便教飞翔，鸷兽便教搏击。人类更高几等，便也有愿意子孙更进一层的天性。这也是爱。上文所说的是对于现在，这是对于将来。只要思想未遭锢蔽的人，谁也喜欢子女比自己更强，更健康，更聪明高尚，——更幸福；就是超越了自己，超越了过去。超越便须改变，所以子孙对于祖先的事，应该改变，"三年无改于父之道可谓孝矣"，当然是曲说，是退婴的病根。假使古代的单细胞动物，也遵着这教训，那便永远不敢分裂繁复，世界上再也不会有人类了。

幸而这一类教训，虽然害过许多人，却还未能完全扫尽了一切人的天性。没有读过"圣贤书"的人，还能将这天性在名教的斧钺底下，时时流露，时时萌蘖；这便是中国人虽然凋落萎缩，却未灭绝的原因。

所以觉醒的人，此后应将这天性的爱，更加扩张，更加醇化；用无我的爱，自己牺牲于后起新人。开宗第一，便是理解。往昔的欧人对于孩子的误解，是以为成人的预备；中国人的误解，是以为缩小的成人。直到近来，经过许多学者的研究，才知道孩子的世界，与成人截然不同；倘不先行理解，一味蛮做，便大碍于孩子的发达。所以一切设施，都应该以孩子为本位，日本近来，觉悟的也很不少；对于儿童的设施，研究儿童的事业，都非常兴盛了。第二，便是指导。时势既有改变，生活也必须进化；所以后起的人物，一定尤异于前，决不能用同一模型，无理嵌定。长者须是指导者协商者，却不该是命令者。不但不该责幼者供奉自己；而且还须用全副精神，专为他们自己，养成他们有耐劳作的体力，纯洁高尚的道德，广博自由能容纳新潮流的精神，也就是能在世界新潮流中游泳，不被淹末的力量。第三，便是解放。子女是即我非我的人，但既已分立，也便是人类中的人，因为即我，所以更应该尽教育的义务，交给他们自立的能力；因为非我，所以也应同时解放，全部为他们自己所有，成一个独立的人。

这样，便是父母对于子女，应该健全的产生，尽力的教育，完全的解放。

但有人会怕，仿佛父母从此以后，一无所有，无聊之极了。这种空虚的恐怖和无聊的感想，也即从谬误的旧思想发生；倘明白了生物学的真理，自然便会消灭。但要做解放子女的父母，也应预备一种能力。便是自己虽然已经带着过去的色彩，却不失独立的本领和精神，有广博的趣味，高尚的娱乐。要幸福么？连你的将来的生命都幸福了。要"返老还童"，要"老复丁"么？子女便是"复丁"，都已独立而且更好了。这才是完了长者的任务，得了人生的慰安。倘若思想本领，样样照旧，专以"勃谿"为业，行辈自豪，那便自然免不了空虚无聊的苦痛。

或者又怕，解放之后，父子间要疏隔了。欧美的家庭，专制不及中国，早已大家知道；往者虽有人比之禽兽，现在却连"卫道"的圣徒，也曾替他们辩护，说并无"逆子叛弟"了。因此可知：惟其解放，所以相亲；惟其没有"拘挛"子弟的父兄，所以也没有反抗"拘挛"的"逆子叛弟"。若威逼利诱，便无论如何，决不能有"万年有道之长"。例便如我中国，汉有举孝，唐有孝悌力田科，清末也还有孝廉方正，都能换到官做。父恩谕之于先，皇恩施之于后，然而割股的人物，究属寥寥。足可证明中国的旧学说旧手段，实在从古以来，并无良效，无非使坏人增长些虚伪，好人无端的多受些人我都无利益的苦痛罢了。

独有"爱"是真的。路粹引孔融说，"父之于子，当有何亲？论其本意，实为情欲发耳。子之于母，亦复奚为，譬如寄物瓶中，出则离矣。"（汉末的孔府上，很出过几个有特色的奇人，不像现在这般冷落，这话也许确是北海先生所说；只是攻击他的偏是路粹和曹操，教人发笑罢了。）虽然也是一种对于旧说的打击，但实于事理不合。因为父母生了子女，同时又有天性的爱，这爱又很深广很长久，不会即离。现在世界没有大同，相爱还有差等，子女对于父母，也便最爱，最关切，不会即离。所以疏隔一层，不劳多虑。至于一种例外的人，或者非爱所能钩连。但若爱力尚且不能钩连，那便任凭什么"恩威，名份，天经，地义"之类，更是钩连不住。

或者又怕，解放之后，长者要吃苦了。这事可分两层：第一，中国的社会，虽说"道德好"，实际却太缺乏相爱相助的心思。便是"孝""烈"这类道德，也都是旁人毫不负责，一味收拾幼者弱者的方法。在这样社会中，不独老者难于生活，既解放的幼者，也难于生活。第二，中国的男女，大抵未老先衰，甚至不到二十岁，早已老态可掬，待到真实衰老，便更须别人扶持。所以我说，解放子女的父母，应该先有一番预备；而对于如此社会，尤应该改造，使他能适于合理的生活。许多人预备着，改造着，久而久之，自然可望实现了。单就别国的往时而言，斯宾塞未曾结婚，不闻他侘傺无聊；瓦特早没有了子女，也居然"寿终正寝"，何况在将来，更何况有儿女的人呢？

或者又怕，解放之后，子女要吃苦了。这事也有两层，全如上文所说，不过一是因为老而无能，一是因为少不更事罢了。因此觉醒的人，愈觉有改造社会的任务。中国相传的成法，谬误很多：一种是锢闭，以为可以与社会隔离，不受影响，一种是教给他恶本领，以为如此才能在社会中生活。用这类方法的长者，虽然也含有继续生命的好意，但比照事理，却决定谬误。此外还有一种,是传授些周旋方法,教他们顺应社会。这与数年前讲"实用主义"的人,因为市上有假洋钱,便要在学校里遍教学生看洋钱的法子之类,同一错误。社会虽然不能不偶然顺应,但决不是正当办法。因为社会不良,恶现象便很多,势不能一一顺应;倘都顺应了,又违反了合理的生活,倒走了进化的路。所以根本方法,只有改良社会。

就实际上说,中国旧理想的家族关系父子关系之类,其实早已崩溃。这也非"于今为烈",正是"在昔已然"。历来都竭力表彰"五世同堂",便足见实际上同居的为难;拼命的劝孝,也足见事实上孝子的缺少。而其原因,便全在一意提倡虚伪道德,蔑视了真的人情。我们试一翻大族的家谱,便知道始迁祖宗,大抵是单身迁居,成家立业;一到聚族而居,家谱出版,却已在零落的中途了。况在将来,迷信破了,便没有哭竹,卧冰;医学发达了,也不必尝秽,割骨。又因为经济关系,结婚不得不迟,生育因此也迟,或者子女才能自存,父母已经衰老,不及依赖他们供养,事实上也就是父母反尽了义务。世界潮流逼拶着,这样做的可以生存,不然的便都衰落;无非觉醒者多,加些人力,便危机可望较少就是了。

但既如上言,中国家庭,实际久已崩溃,并不如"圣人之徒"纸上的空谈,则何以至今依然如故,一无进步呢?这事很容易解答。第一,崩溃者自崩溃,纠缠者自纠缠,设立者又自设立;毫无戒心,也不想到改革,所以如故。第二,以前的家庭中间,本来常有勃豀,到了新名词流行之后,便都改称"革命",然而其实也仍是嫖钱至于相骂,要赌本至于相打之类,与觉醒者的改革,截然两途。这一类自称"革命"的勃豀子弟,纯属旧式,待到自己有了子女,也决不解放;或者毫不管理,或者反要寻出《孝经》,勒令诵读,想他们"学于古训",都做牺牲。这只能全归旧道德旧习惯旧方法负责,生物学的真理决不能妄任其咎。

既如上言,生物为要进化,应该继续生命,那便"不孝有三无后为大",

三妻四妾，也极合理了。这事也很容易解答。人类因为无后，绝了将来的生命，虽然不幸，但若用不正当的方法手段，苟延生命而害及人群，便该比一人无后，尤其"不孝"。因为现在的社会，一夫一妻制最为合理，而多妻主义，实能使人群堕落。堕落近于退化，与继续生命的目的，恰恰完全相反。无后只是灭绝了自己，退化状态的有后，便会毁到他人。人类总有些为他人牺牲自己的精神，而况生物自发生以来，交互关联，一人的血统，大抵总与他人有多少关系，不会完全灭绝。所以生物学的真理，决非多妻主义的护符。

总而言之，觉醒的父母，完全应该是义务的，利他的，牺牲的，很不易做；而在中国尤不易做。中国觉醒的人，为想随顺长者解放幼者，便须一面清结旧账，一面开辟新路。就是开首所说的"自己背着因袭的重担，肩住了黑暗的闸门，放他们到宽阔光明的地方去；此后幸福的度日，合理的做人。"这是一件极伟大的要紧的事，也是一件极困苦艰难的事。

但世间又有一类长者，不但不肯解放子女，并且不准子女解放他们自己的子女；就是并要孙子曾孙都做无谓的牺牲。这也是一个问题；而我是愿意平和的人，所以对于这问题，现在不能解答。

儿女 / 朱自清

人的好与坏，并不能完全靠学校的教育

> 孩子们还是孩子们，自然说不上高的远的，
> 慢慢从近处小处下手便了。

我现在已是五个儿女的父亲了。想起圣陶喜欢用的"蜗牛背了壳"的比喻，便觉得不自在。新近一位亲戚嘲笑我说，"要剥层皮呢！"更有些悚然了。十年前刚结婚的时候，在胡适之先生的《藏晖室札记》里，见过一条，说世界上有许多伟大的人物是不结婚的；文中并引培根的话，"有妻子者，其命定矣。"当时确吃了一惊，仿佛梦醒一般；但是家里已是不由分说给娶了媳妇，又有甚么可说？现在是一个媳妇，跟着来了五个孩子；两个肩头上，加了这么重一副担子，真不知怎样走才好。"命定"是不用说了；从孩子们那一面说，他们该怎样长大，也正是可以忧虑的事。我是个彻头彻尾自私的人，做丈夫已是勉强，做父亲更是不成。自然，"子孙崇拜"，"儿童本位"的哲理或伦理，我也有些知道；既做着父亲，闭了眼抹杀孩子们的权利，知道是不行的。可惜这只是理论，实际上我是仍旧按照古老的传统，在野

蛮地对付着，和普通的父亲一样。近来差不多是中年的人了，才渐渐觉得自己的残酷；想着孩子们受过的体罚和叱责，始终不能辩解——像抚摩着旧创痕那样，我的心酸溜溜的。有一回，读了有岛武郎《与幼小者》的译文，对于那种伟大的、沉挚的态度，我竟流下泪来了。去年父亲来信，问起阿九，那时阿九还在白马湖呢；信上说，"我没有耽误你，你也不耽误他才好。"我为这句话哭了一场；我为什么不像父亲的仁慈？我不该忘记，父亲怎样待我们来着！人性许真是二元的，我是这样地矛盾；我的心像钟摆似的来去。

　　你读过鲁迅先生的《幸福的家庭》么？我的便是那一类的"幸福的家庭"！每天午饭和晚饭，就如两次潮水一般。先是孩子们你来他去地在厨房与饭间里查看，一面催我或妻发"开饭"的命令。急促繁碎的脚步，夹着笑和嚷，一阵阵袭来，直到命令发出为止。他们一递一个地跑着喊着，将命令传给厨房里的佣人；便立刻抢着回来搬凳子。于是这个说，"我坐这儿！"那个说，"大哥不让我！"大哥却说，"小妹打我！"我给他们调解，说好话。但是他们有时候很固执，我有时候也不耐烦，这便用着叱责了；叱责还不行，不由自主地，我的沉重的手掌便到他们身上了。于是哭的哭，坐的坐，局面才算定了。接着可又你要大碗，他要小碗，你说红筷子好，他说黑筷子好；这个要干饭，那个要稀饭，要茶要汤，要鱼要肉，要豆腐，要萝卜；你说他菜多，他说你菜好。妻是照例安慰着他们，但这显然是太迂缓了。我是个暴躁的人，怎么等得及？不用说，用老法子将他们立刻征服了；虽然有哭的，不久也就抹着泪捧起碗了。吃完了，纷纷爬下凳子，桌上是饭粒呀，汤汁呀，骨头呀，渣滓呀，加上纵横的筷子，欹斜的匙子，就如一块花花绿绿的地图模型。吃饭而外，他们的大事便是游戏。游戏时，大的有大主意，小的有小主意，各自坚持不下，于是争执起来；或者大的欺负了小的，或者小的竟欺负了大的，被欺负的哭着嚷着，到我或妻的面前诉苦；我大抵仍旧要用老法子来判断的，但不理的时候也有。最为难的，是争夺玩具的时候：

这一个的与那一个的是同样的东西，却偏要那一个的；而那一个便偏不答应。在这种情形之下，不论如何，终于是非哭了不可的。这些事件自然不至于天天全有，但大致总有好些起。我若坐在家里看书或写什么东西，管保一点钟里要分几回心，或站起来一两次的。若是雨天或礼拜日，孩子们在家的多，那么，摊开书竟看不下一行，提起笔也写不出一个字的事，也有过的。我常和妻说，"我们家真是成日的千军万马呀！"有时是不但"成日"，连夜里也有兵马在进行着，在有吃乳或生病的孩子的时候！

　　我结婚那一年，才十九岁。二十一岁，有了阿九；二十三岁，又有了阿菜。那时我正像一匹野马，哪能容忍这些累赘的鞍鞯，辔头和缰绳？摆脱也知是不行的，但不自觉地时时在摆脱着。现在回想起来，那些日子，真苦了这两个孩子；真是难以宽宥的种种暴行呢！阿九才两岁半的样子，我们住在杭州的学校里。不知怎地，这孩子特别爱哭，又特别怕生人。一不见了母亲，或来了客，就哇哇地哭起来了。学校里住着许多人，我不能让他扰着他们，而客人也总是常有的；我懊恼极了，有一回，特地骗出了妻，关了门，将他按在地下打了一顿。这件事，妻到现在说起来，还觉得有些不忍；她说我的手太辣了，到底还是两岁半的孩子！我近年常想着那时的光景，也觉黯然。阿菜在台州，那是更小了；才过了周岁，还不大会走路。也是为了缠着母亲的缘故吧，我将她紧紧地按在墙角里，直哭喊了三四分钟；因此生了好几天病。妻说，那时真寒心呢！但我的苦痛也是真的。我曾给圣陶写信，说孩子们的折磨，实在无可奈何；有时竟觉得还是自杀的好。这虽是气愤的话，但这样的心情，确也有过的。后来孩子是多起来了，磨折也磨折得久了，少年的锋棱渐渐地钝起来了；加以增长的年岁增长了理性的裁制力，我能够忍耐了——觉得从前真是一个"不成材的父亲"，如我给另一个朋友信里所说。但我的孩子们在幼小时，确比别人的特别不安静，我至今还觉如此。我想这大约还是由于我们抚育不得法；从前只一味地责备孩子，让他们代我们负起责任，却未免是可耻的残酷了！

正面意义的"幸福"，其实也未尝没有。正如谁所说，小的总是可爱，孩子们的小模样，小心眼儿，确有些教人舍不得的。阿毛现在五个月了，你用手指去拨弄她的下巴，或向她做趣脸，她便会张开没牙的嘴格格地笑，笑得像一朵正开的花。她不愿在屋里待着；待久了，便大声儿嚷。妻常说："姑娘又要出去溜达了。"她说她像鸟儿般，每天总得到外面溜一些时候。闰儿上个月刚过了三岁，笨得很，话还没有学好呢。他只能说三四个字的短语或句子，文法错误，发音模糊，又得费气力说出；我们老是要笑他的。他说"好"字，总变成"小"字；问他"好不好？"他便说"小"，或"不小"。我们常常逗着他说这个字玩儿；他似乎有些觉得，近来偶然也能说出正确的"好"字了——特别在我们故意说成"小"字的时候。他有一只搪瓷碗，是一毛来钱买的；买来时，老妈子教给他，"这是一毛钱。"他便记住"一毛"两个字，管那只碗叫"一毛"，有时竟省称为"毛"。这在新来的老妈子，是必需翻译了才懂的。他不好意思，或见着生客时，便咧着嘴痴笑；我们常用了土话，叫他做"呆瓜"。他是个小胖子，短短的腿，走起路来，蹒跚可笑；若快走或跑，便更"好看"了。他有时学我，将两手叠在背后，一摇一摆的；那是他自己和我们都要乐的。他的大姊便是阿菜，已是七岁多了，在小学校里念着书。在饭桌上，一定得唆唆地报告些同学或他们父母的事情；气喘喘地说着，不管你爱听不爱听。说完了总问我："爸爸认识么？""爸爸知道么？"妻常禁止她吃饭时说话，所以她总是问我。她的问题真多：看电影便问电影里的是不是人？是不是真人？怎么不说话？看照相也是一样。不知谁告诉她，兵是要打人的。她回来便问，兵是人么？为什么打人？近来大约听了先生的话，回来又问张作霖的兵是帮谁的？蒋介石的兵是不是帮我们的？诸如此类的问题，每天短不了，常常闹得我不知怎样答才行。她和闰儿在一处玩儿，一大一小，不很合式，老是吵着哭着。

但合式的时候也有：譬如这个往床底下躲，那个便钻进去追着；这个钻出来，那个也跟着——从这个床到那个床，只听见笑着，嚷着，喘着，真如妻所说，像小狗似的。现在在京的，便只有这三个孩子；阿九和转儿是去年北来时，让母亲暂时带回扬州去了。

　　阿九是欢喜书的孩子。他爱看《水浒》《西游记》《三侠五义》《小朋友》等；没有事便捧着书坐着或躺着看。只不欢喜《红楼梦》，说是没有味儿。是的，《红楼梦》的味儿，一个十岁的孩子，哪里能领略呢？去年我们事实上只能带两个孩子来；因为他大些，而转儿是一直跟着祖母的，便在上海将他俩丢下。我清清楚楚记得那分别的一个早上。我领着阿九从二洋泾桥的旅馆出来，送他到母亲和转儿住着的亲戚家去。妻嘱咐说："买点吃的给他们吧。"我们走过四马路，到一家茶食铺里。阿九说要熏鱼，我给买了；又买了饼干，是给转儿的。便乘电车到海宁路。下车时，看着他的害怕与累赘，很觉恻然。到亲戚家，因为就要回旅馆收拾上船，只说了一两句话便出来；转儿望望我，没说什么，阿九是和祖母说什么去了。我回头看了他们一眼，硬着头皮走了。后来妻告诉我，阿九背地里向她说："我知道爸爸欢喜小妹，不带我上北京去。"其实这是冤枉的。他又曾和我们说："暑假时一定来接我啊！"我们当时答应着；但现在已是第二个暑假了，他们还在迢迢的扬州待着。他们是恨着我们呢？还是惦着我们呢？妻是一年来老放不下这两个，常常独自暗中流泪；但我有什么法子呢！想到"只为家贫成聚散"一句无名的诗，不禁有些凄然。转儿与我较生疏些。但去年离开白马湖时，她也曾用了生硬的扬州话（那时她还没有到过扬州呢），和那特别尖的小嗓子向着我："我要到北京去。"她晓得什么北京？只跟着大孩子们说罢了；但当时听着，现在想着的我，却真是抱歉呢。这兄妹俩离开我，原是常事，离开母亲，虽也有过一回，这回可是太长了；小小的心儿，知道是怎样忍耐那寂寞来着！

我的朋友大概都是爱孩子的。少谷有一回写信责备我，说儿女的吵闹，也是很有趣的，何至可厌到如我所说；他说他真不解。子恺为他家华瞻写的文章，真是"蔼然仁者之言"。圣陶也常常为孩子操心：小学毕业了，到什么中学好呢？——这样的话，他和我说过两三回了。我对他们只有惭愧！可是近来我也渐渐觉着自己的责任。我想，第一该将孩子们团聚起来，其次便该给他们些力量。我亲眼见过一个爱女儿的人，因为不曾好好地教育他们，便将他们荒废了。他并不是溺爱，只是没有耐心去料理他们，他们便不能成材了。我想我若照现在这样下去，孩子们也便危险了。我得计划着，让他们渐渐知道怎样去做人才行。但是要不要他们像我自己呢？这一层，我在白马湖教初中学生时，也曾从师生的立场上问过尊，他毫不踌躇地说："自然。"近来与平伯谈起教子，他却答得妙："总不希望比自己坏。"是的，只要不"比自己坏"就行，"像"不"像"倒是不在乎的。职业，人生观等，还是由他们自己去定的好；自己顶可贵，只要指导，帮助他们去发展自己，便是极贤明的办法。

　　予同说："我们得让子女在大学毕了业，才算尽了责任。"SK说："不然，要看我们的经济，他们的材质与志愿；若是中学毕了业，不能或不愿升学，便去做别的事，譬如做工人吧，那也并非不行的。"自然，人的好坏与成败，也不尽靠学校教育；说是非大学毕业不可，也许只是我们的偏见。在这件事上，我现在毫不能有一定的主意；特别是这个变动不居的时代，知道将来怎样？好在孩子们还小，将来的事且等将来吧。目前所能做的，只是培养他们基本的力量——胸襟与眼光；孩子们还是孩子们，自然说不上高的远的，慢慢从近处小处下手便了。这自然也只能先按照我自己的样子："神而明之，存乎其人。"光辉也罢，倒霉也罢，平凡也罢，让他们各尽各的力去。我只希望如我所想的，从此好好地做一回父亲，便自称心满意。——想到那"狂人""救救孩子"的呼声，我怎敢不悚然自勉呢？

一个人在途上 / 郁达夫

这几声呼唤，是我在这世上听到他叫我的最后的声音

现在去北京远了，去龙儿更远了，自家只一个人，只是孤零丁的一个人，在这里继续此生中大约是完不了的飘泊。

在东车站的长廊下和女人分开以后，自家又剩了孤零丁的一个。频年飘泊惯的两口儿，这一回的离散，倒也算不得什么特别，可是端午节那天，龙儿刚死，到这时候北京城里虽已起了秋风，但是计算起来，去儿子的死期，究竟还只有一百来天。在车座里，稍稍把意识恢复转来的时候，自家就想起了卢梭晚年的作品《孤独散步者的退思》的头上的几句话：

自家除了己身以外，已经没有弟兄，没有邻人，没有朋友，没有社会了。自家在这世上，像这样的，已经成了一个孤独者了……

然而当年的卢梭还有弃养在孤儿院内的五个儿子，而我自己哩，连一个抚育到五岁的儿子都还抓不住！

离家的远别，本来也只为想养活妻儿。去年在某大学的被逐，是万料不到的事情。其后兵乱迭起，交通阻绝，当寒冬的十月，会病倒在沪上，

也是谁也料想不到的。今年二月，好容易到得南方，静息了一年之半，谁知这刚养得出趣的龙儿又会遭此凶疾呢？

龙儿的病报，本是在广州得着，匆促北航，到了上海，接连接了几个北京来的电报。换船到天津，已经是旧历的五月初十。到家之夜，一见了门上的白纸条儿，心里已经跳得忙乱，从苍茫的暮色里赶到哥哥家中，见了衰病的她，因为在大众之前，勉强将感情压住。草草吃了夜饭，上床就寝，把电灯一灭，两人只有紧抱的痛哭，痛哭，痛哭，只是痛哭，气也换不过来，更哪里有说一句话的余裕？

受苦的时间，的确脱煞过去的太悠徐，今年的夏季，只是悲叹的连续。晚上上床，两口儿，哪敢提一句话？可怜这两个迷散的灵心，在电灯灭黑的黝暗里，所摸走的荒路，每会凑集在一条线上，这路的交叉点里，只有一块小小的墓碑，墓碑上只有"龙儿之墓"的四个红字。

妻儿因为在浙江老家内不能和母亲同住，不得已而搬往北京当时我在寄食的哥哥家去，是去年的四月中旬。那时候龙儿正长得肥满可爱，一举一动，处处教人欢喜。到了五月初，从某地回京，觉得哥哥家太狭小，就在什刹海的北岸，租定了一间渺小的住宅。夫妻两个日日和龙儿伴乐，闲时也常在北海的荷花深处，及门前的杨柳阴中带龙儿去走走。这一年的暑假，总算过得最快乐，最闲适。

秋风吹叶落的时候，别了龙儿和女人，再上某地大学去为朋友帮忙，当时他们俩还往西车站去送我来哩！这是去年秋晚的事情，想起来还同昨日的情形一样。

过了一月，某地的学校里发生事情，又回京了一次，在什刹海小住了两星期，本来打算不再出京了，然碍于朋友的面子，又不得不于一天寒风刺骨的黄昏，上西车站去乘车。这时候因为怕龙儿要哭，自己和女人，吃过晚饭，便只说要往哥哥家里去，只许他送我们到门口。记得那一天晚上他一个人和老妈子立在门口，等我们俩去了好远，还"爸爸！爸爸！"地叫了好几声。啊啊，这几声的呼唤，是我在这世上听到的他叫我的最后的声音！

出京之后，到某地住了一宵，就匆促逃往上海。接续便染了病，遇了强盗辈的争夺政权，其后赴南方暂住，一直到今年的五月，才返北京。

想起来，龙儿实在是一个填债的儿子，是当乱离困厄的这几年中间，特来安慰我和他娘的愁闷的使者！

自从他在安庆生落以来，我自己没有一天脱离过苦闷，没有一处安住到五个月以上。我的女人，也和我分担着十字架的重负，只是东西南北的奔波飘泊。然当日夜难安，悲苦得不了的时候，只教他的笑脸一开，女人和我，就可以把一切穷愁，丢在脑后。而今年五月初十待我赶到北京的时候，他的尸体，早已在妙光阁的广谊园地下躺着了。

他的病，说是脑膜炎。自从得病之日起，一直到旧历端午节的午时绝命的时候止，中间经过有一个多月的光景。平时被我们宠坏了的他，听说此番病里，却乖顺得非常。叫他吃药，他就大口地吃，叫他用冰枕，他就很柔顺地躺上。病后还能说话的时候，只问他的娘"爸爸几时回来？""爸爸在上海为我定做的小皮鞋，已经做好了没有？"我的女人，于惑乱之余，每幽幽地问他："龙！你晓得你这一场病，会不会死的？"他老是很不愿意的回答说："哪儿会死的哩？"据女人含泪的告诉我说，他的谈吐，绝不似一个五岁的小儿。

未病之前一个月的时候，有一天午后他在门口玩耍，看见西面来了一乘马车，马车里坐着一个戴灰白帽子的青年。他远远看见，就急忙丢下了伴侣，跑进屋里去叫他娘出来，说："爸爸回来了，爸爸回来了！"因为我去年离京时所戴的，是一样的一顶白灰呢帽。他娘跟他出来到门前，马车已经过去了，他就死劲地拉住了他娘，哭喊着说："爸爸怎么不回家？爸爸怎么不回家？"他娘说安慰了半天，他还尽是哭着，这也是他娘含泪和我说的。现在回想起来，自己实在不该抛弃了他们，一个人在外面流荡，致使他那小小的灵心，常有这望远思亲之痛。

去年六月，搬往什刹海之后，有一次我们在堤上散步，因为他看见了人家的汽车，硬是哭着要坐，被我痛打了一顿。又有一次，也是因为要穿洋服，受了我的毒打。这实在只能怪我做父亲的没有能力，不能做洋服给他穿，雇汽车给他坐。早知他要这样的早死，我就是典当抢劫，也应该去弄一点钱来，满足他的无邪的欲望。到现在追想起来，实在觉得对他不起，实在是我太无容人之量了。

我女人说，濒死的前五天，在病院里，他连叫了几夜的爸爸！她问他"叫爸爸干什么？"他又不响了，停一会儿，就又再叫起来。到了旧历五月初三日，他已入了昏迷状态，医师替他抽骨髓，他只会直叫一声"干吗？"喉头的气管，咯咯在抽咽，眼睛只往上吊送，口头流些白沫，然而一口气总不肯断。他娘哭叫几声"龙！龙！"他的眼角上，就会进流些眼泪出来，后来他娘看他苦得难过，倒对他说：

"龙！你若是没有命的，就好好地去吧！你是不是想等爸爸回来？就是你爸爸回来，也不过是这样地替你医治罢了。龙！你有什么不了的心愿呢？龙！与其这样的抽咽受苦，你还不如快快地去吧！"

他听了这一段话，眼角上的眼泪，更是涌流得厉害。到了旧历端午节的午时，他竟等不着我的回来，终于断气了。

丧葬之后，女人搬往哥哥家里，暂住了几天。我于五月十日晚上，下车赶到什刹海的寓宅，打门打了半天，没有应声，后来抬头一看，才见了一张告示邮差送信的白纸条。

自从龙儿生病以后，连日连夜看护久已倦了的她，又哪里经得起最后的这一个打击？自己当到京之夜，见了她的衰容，见了她的泪眼，又哪里能够不痛哭呢？

在哥哥家里小住了两三天，我因为想追求龙儿生前的遗迹，一定要女人和我仍复搬回什刹海的住宅去住它一两个月。

搬回去那天，一进上屋的门，就见了一张被他玩破的今年正月里的花灯。听说这张花灯，是南城大姨妈送他的，因为他自家烧破了一个窟窿，他还哭过好几次来的。

其次，便是上房里砖上的几堆烧纸钱的痕迹！当他下殓时烧给他的。

院子里有一架葡萄，两棵枣树，去年采取葡萄枣子的时候，他站在树下，兜起了大褂，仰头在看树上的我。我摘取一颗，丢入了他的大褂兜里，他的哄笑声，要继续到三五分钟。今年这两棵枣树，结满了青青的枣子，风起的半夜里，老有熟极的枣子辞枝自落。女人和我，睡在床上，有时候且哭且谈，总要到更深人静，方能入睡。在这样的幽幽的谈话中间，最怕听的，就是这滴答的坠枣之声。

到京的第二日，和女人去看他的坟墓。先在一家南纸铺里买了许多冥府的钞票，预备去烧送给他。直到到了妙光阁的广谊园茔地门前，她方从呜咽里清醒过来，说："这是钞票，他一个小孩如何用得呢？"就又回车转来，到琉璃厂去买了些有孔的纸钱。她在坟前哭了一阵，把纸钱钞票烧化的时候，却叫着说：

"龙！这一堆是钞票，你收在那里，待长大了的时候再用，要买什么，你先拿这一堆钱去用吧！"

这一天在他的坟上坐着，我们直到午后七点，太阳平西的时候，才回家来。临走的时候，他娘还哭叫着说：

"龙！龙！你一个人在这里不怕冷静的么？龙！龙！人家若来欺你，你晚上来告诉娘吧！你怎么不想回来了呢？你怎么梦也不来托一个呢？"

箱子里，还有许多散放着的他的小衣服。今年北京的天气，到七月中旬，已经是很冷了。当微凉的早晚，我们俩都想换上几件夹衣，然而因为怕见到他旧时的夹衣袍袜,我们俩却尽是一天一天的捱着,谁也不说出口来,说"要换上件夹衫"。

有一次和女人在那里睡午觉,她骤然从床上坐了起来,鞋也不穿,光着袜子,跑上了上房起坐室里,并且更掀帘跑上外面院子里去。我也莫名其妙跟着她跑到外面的时候,只见她在那里四面找寻什么,找寻不着,呆立了一会,她忽然放声哭了起来,并且抱住了我急急地追问说:"你听不听见?你听不听见?"哭完之后,她才告诉我说,在半醒半睡的中间,她听见"娘!娘!"地叫了两声,的确是龙的声音,她很坚定地说:"的确是龙回来了。"

北京的朋友亲戚,为安慰我们起见,今年夏天常请我们俩去吃饭听戏,她老不愿意和我同去,因为去年的六月,我们无论上那里去玩,龙儿是常和我们在一处的。

今年的一个暑假,就是这样的,在悲叹和幻梦的中间消逝了。

这一回南方来催我就道的信,过于仓促,出发之前,我觉得还有一件大事情没有做了。

中秋节前新搬了家,为修理房屋,部署杂事,就忙了一个星期。出发之前,又因了种种琐事,不能抽出空来,再上龙儿的墓地里去探望一回。女人上东车站来送我上车的时候,我心里尽是酸一阵痛一阵的在回念这一件恨事。有好几次想和她说出来,教她于两三日后再往妙光阁去探望一趟,但见了她的憔悴尽的颜色,和苦忍住的凄楚,又终于一句话也没有讲成。

现在去北京远了,去龙儿更远了,自家只一个人,只是孤零丁的一个人,在这里继续此生中大约是完不了的飘泊。

父亲的包子 / 周海亮

因为不能满足一次他的儿子，父亲整整内疚了二十多年

> 我只记得我年幼的无耻，或者我并不是
> 真的需要那个包子。然而我的父亲，他因为
> 不能满足一次他的儿子，却内疚了二十多年。

大概有那么两年的时间，父亲在中午拥有属于他的两个包子，那是他的午饭。记忆中好像那是八十年代初期的事，我和哥哥都小，一人拖一把大鼻涕，每天的任务之一是能不能搞到一点属于一日三餐之外的美食。

父亲在离家三十多里的大山里做石匠，早晨骑一辆破自行车走，晚上骑这辆破自行车回。两个包子是他的午餐，是母亲每天天不亮点着油灯为父亲包的。其实说那是两个包子，完全是降级了包子的标准，那里面没有一丝的肉末，只是两滴猪油外加白菜帮子末而已。

父亲身体不好，那是父亲的午饭。父亲的工作是每天把五十多斤重的大锤挥动几千下，两个包子，只是维持他继续挥动大锤的资本。

记得那时家里其实已经能吃上白面了，只是很不连贯。而那时年幼的我和哥哥，对于顿顿的窝窝头和地瓜干总是充满了一种刻骨的仇恨。于是，

父亲的包子，成了我和哥哥的唯一目标。

现在回想起来，我仍然对自己年幼的无耻而感到羞愧。

为了搞到这个包子，我和哥哥每天总是会跑到村口去迎接父亲。见到父亲的身影时，我们就会高声叫着冲上前去。这时父亲就会微笑着从他的挎包里掏出本是他的午饭的两个包子，我和哥哥一人一个。

包子虽然并不是特别可口，但仍然能够满足我和哥哥的最原始最单纯的欲望。

这样的生活持续了两年，其间我和哥哥谁也不敢对母亲说，父亲也从未把这事告诉母亲。所以母亲仍然天不亮就点着油灯包着两个包子，而那已成了我和哥哥的零食。

后来家里可以顿顿吃上白面了，我和哥哥开始逐渐对那两个包子失去了兴趣，这两个包子才重新又属于我的父亲。而那时我和哥哥，已经上了小学。

而关于这两个包子的往事，多年来我一直觉得对不住父亲。因为那不是父亲的零食，那是他的午饭。两年来，父亲为了我和哥哥，竟然没有吃过午饭。这样的反思经常揪着我的心，我觉得我可能一生都报答不了父亲的这个包子。

前几年回家，饭后与父亲谈及此事，父亲却给我讲述了他的另一种心酸。

他说，其实他在工地上也会吃饭的，只是买个硬窝窝头而已。只是那么一天，他为了多干点活儿，错过了吃饭的时间，已经买不到窝窝头。后来他饿极了，就吃掉了本就应属于他的两个包子。后来在村口，我和哥哥照例去迎接他，当我们高喊着"爹回来了爹回来了"，父亲搓着自己的双手，他感到很内疚。因为他无法满足他的儿子。

他说："我为什么要吃掉那两个包子呢？其实我可以坚持到回家的。我记得那时你们很失望，当时，我差点落泪。"

父亲说，为这事，他内疚了二十多年。

其实这件事我早忘了，或者当时我确实是很失望，但我确实忘了。我只记得我年幼的无耻，或者我并不是真的需要那个包子。然而我的父亲，他因为一次不能满足他的儿子，却内疚了二十多年。

月光记得那些爱 / 崔修建

他把一双脚交给了崎岖的山路，他的方向只有一个：家

刹那，我的眼睛湿润了，我的思绪又飞回到 30 多年前，飞回了那些月光皎洁的夜晚，飞进了温馨与温暖簇拥的往事里……

那时候，父亲在 40 里外的砖厂打工，砖厂每个月末会放假一天，那是父亲最盼望的日子，他会在放假前一天晚上，换上母亲做的千层底的布鞋，翻山越岭地往家里赶。

父亲回家的路很难走，有沟壑，有小溪，有独木小桥，有荒草丛生的小径，甚至乱石林立，若是赶上了雨季，天黑，路滑，风硬，稍不小心，便会跌倒，弄得一身狼狈。然而，不管天气如何，父亲总会雷打不动地回家。因为一家子的人都在期盼着他，他回来了，家里便有了节日的气氛。

母亲会把好吃的东西留在父亲回来那天拿出来，眉目含笑地劝父亲多吃一点儿，父亲嘴上说着吃吃，却不停地把好吃的向我和弟弟妹妹面前推。一家人高高兴兴地聚在一起，听父亲讲完砖厂里的那些新鲜事，我和弟弟妹妹又抢着把自己的那一点点得意的好事，比赛着讲给父亲听。然后，接

受兴奋的父亲慷慨的赞扬，再接过他从兜里掏出的那些花花绿绿的小礼物，有糖块、蜡笔、玻璃弹子、连环画册、羊拐等等，那些给我们的童年和少年带来无数快乐的小礼物，一直让我难以忘怀，在远离父亲的那些日子里，每每想起那些小礼物，心里总有说不出的温暖，像秋天和煦的阳光。

饭后，母亲会端来一大盆热水，看着父亲舒坦地泡脚，母亲心疼地问父亲："累了吧？走那么远的夜路。"

父亲笑呵呵地："不累，有明亮的月光一路陪着，还可以想想你和孩子们的模样，脚底下就像生了风，很轻快。"

"其实，你可以两个月回来一次，家里的一切你都看到了，不用挂念的。"母亲轻轻地搓洗着父亲磨出大洞的袜子。

"我知道你挺能干的，孩子们也都懂事，可是，我还得回来看看，看看一家子人都好好的，我回去干活儿轻松。"父亲慢慢地挑开脚底的血泡。

"有时候，我就想砖厂放假的前一天晚上，要是都能赶上满月该多好，在亮堂堂的月光里往家里走，心里也会亮堂的。"母亲能够想到父亲晚归的路，走得有多辛苦。

"不是满月也可以，有一点点的月光就行，还有那么多大大小小的星星呢，路上不会寂寞，也不会害怕的。"父亲很知足的样子，让我想起了作家迟子建的那篇小说《踏着月光的行板》里的那位卑微的农民工，想起了许多和父亲相像的陌生面容，他们虽然身处社会底层，却有着令人羡慕的快乐。

其实，父亲完全可以搭乘那班客车回家的，可他一直坚持步行回家，他说走路总比干活儿轻松多了，还可以呼吸山间乡野的新鲜空气，既锻炼了身体，还不用花钱。我知道，步行40多里的路回家，可以省下两块钱的车票，那是他首先考虑到的，他可以用那钱给我们买一把糖块，买几个本几支笔，也可以给母亲买一把漂亮的木梳。

多年以后的一个冬天，我搭乘一辆顺路的运粮车回老家。离家还有20多里远的路上，运粮车突然抛锚，司机修了半天也没修好。这时，天空洒落皎洁的月光，照得修整得平坦的道路明晃晃的。我没有犹豫，背起很轻的行囊，也像父亲当年那样踏着月光回家。

起初，我的脚步还挺轻松的，可没走多久，在城市里习惯了以车代步的我，便有些气喘吁吁了。想当初，父亲的年龄比我现在还要大，他每天干的都是绝对的重体力活儿，难得一个月有一天的休息，他本可以躺在宿舍里美美地睡上一大觉，他却把一双脚交给了崎岖的山路，无论有无月光，他的方向只有一个——家。

当我一身疲惫地叩开家门时，父亲惊讶地嗔怪我："怎么不提前打电话来？我让你弟弟开车接你啊，20多里的路多远呢。"

"还好，有月光一路陪伴着，我又欣赏了一份久违的诗情画意。"我对父亲轻描淡写道，心里却在说——当年，父亲走那么远的路，可是从未说过远、说过累的，赶上雪雨天，他一身泥泞地回到家，还笑呵呵地说自己怎么唱着歌，怎么想起了当年红军爬雪山、过草地的情形，他心里多么温暖，脚下的路多么好走。

"看你，又给我买东西了，乱花钱。现在日子好了，我也什么都不缺。"父亲轻轻地责怪我，目光里流露的却是对我买的那个电动剃须刀的喜爱。

"我这次回来走得急，只买了这么一件小礼物。"父亲当年每次回家，都不会空手的，秋天的一次回家，他在朦胧的月光里去山上采了几串野葡萄，手上划了好几条明显的血痕，他却得意地说自己的眼睛很尖，远远地就看到了那个藏在荆棘丛中的葡萄架，并准确地判断出上面肯定还有葡萄。

"你有一份心意就够了，有没有礼物都行。"父亲说着，拿出一个精心粘贴的剪报本，那上面是我发表的文章。我对父亲说过，编辑都给我寄过样刊样报，大多数文章也都选入了作品集，无需再劳心费神地去做剪报，他却一直欣然地做着。母亲说那是他喜欢做的事，谁都拦不住。

黄昏时分，我正站在窗前欣赏那盆开得茂盛的月季花，忽然听到父亲在跟两位邻居老人大声地炫耀："我儿子给我买的电动剃须刀，用着特别舒服。这次，他还踏着月光走了20多里路回家来，身体比上次回来健壮多了……"

我的无数次踏着月光回家的父亲，对儿子偶尔的一次回家、一件小小的礼物，竟如此地看重。刹那，我的眼睛湿润了，我的思绪又飞回到30多年前，飞回了那些月光皎洁的夜晚，飞进了温馨与温暖簇拥的往事里……

父亲的春天 / 徐光惠

有一种佝偻，叫付出；有一种沧桑，叫无怨无悔

> "你看这香椿树，叶子都掉光了，可它是在积蓄能量，等待来年春暖发芽。春天就要来了，一切都会好起来的。"

在我的记忆中，乡村是不能没有树的，故乡的村庄便是被香椿树包围着的。田间地头或山坡上，家家户户的房前屋后都栽着香椿树。

我们家的老屋前，是一片茂盛的竹林，还有一棵高大的核桃树，树干粗壮，核桃树旁边有一棵香椿树，那是父亲四十多年前栽下的。

在我六岁那年，有一天父亲不知从哪里带回来一棵小树苗，只有大拇指般粗，两尺来高。

我不认识，便问父亲："爸爸，这是啥树苗？那么小，病恹恹的都快死了，能栽活吗？"

父亲说："这是香椿树，也叫春天，不娇贵好养活，等到明年春天，它就会发出嫩芽。"

春天，多好听多温情的名字啊。

父亲拿着铁锹，只几锄就挖下一个树坑，把它栽在了核桃树旁。看着弱不禁风的小树苗，我心里不禁有些担忧。但我的担心是多余的，这棵几乎快要死去的小树苗，却像父亲说的那样，在冰天雪地里，顽强地抵御着寒冬的侵袭，竟然真的活了下来，自顾自地一天天长高、长大。

春天到了，温暖的春风吹拂，春光照耀着大地，处处芳草萋萋，鸟语花香，唤醒沉睡一冬的村庄。乡亲邻里家的香椿树长得郁郁葱葱，生机盎然，噌噌噌地冒出了嫩绿的新芽，散发出阵阵淡淡的香气，在整个村子里弥漫开来。但唯独我家那棵香椿树光秃秃的，迟迟不见发芽，我很沮丧，缠着父亲问："爸爸，你骗我，它是不是不发芽了？"

父亲看着香椿树，抚摸着我的头说："再等等，它一定会发芽的，香椿树属于春天。"

一场春雨过后的早晨，"惠儿，快来看。"父亲站在香椿树旁，大声喊我。我匆匆跑到树下，只见香椿树的枝头果真冒出了浅浅的嫩芽，从高至低，上面还残留着几滴雨露，晶莹剔透。一阵风吹过，我嗅到了丝丝清香。

"香椿树发芽咯！春天来咯！"我开心地跳起来。父亲点点头，脸上掠过一丝笑意。

不出几日，香椿芽已经长成了小丫头的冲天小辫，一簇一簇绽开了笑脸，紫红色的嫩芽闪着淡淡的油光，这时候便可以摘来吃了，做成香椿炒鸡蛋、烙香椿饼。父亲摘下一把来递给我："快，给你妈做炒鸡蛋去。"

一听要吃炒鸡蛋，我捧着香椿芽一溜烟跑到厨房。母亲将香椿芽用清水洗净切碎，在碗里打两个鸡蛋，加入盐和水搅拌，再把香椿末放进去调匀，倒在滚烫的油锅里，只听"滋啦"一声，鸡蛋糊迅速翻滚膨胀变成焦黄色，蛋香合着香椿的香扑鼻而来，让人垂涎。

香椿炒鸡蛋刚出锅，几兄妹顾不得烫，迫不及待夹起来就吃，烫得直咧嘴。母亲偶尔还会烙香椿饼给我们吃，那味道清香怡人，唇齿留香，吃下去后仿佛满口都是春天的味道，一直香到心里头。

在那个艰难的年代，每家每户食不果腹，生活拮据。每年春天，一些人家舍不得吃，就把新鲜的香椿芽摘下来，拿到市场上去卖了换点零用钱。

为了一大家人的生活，父亲拼命干活挣钱，每天早出晚归，拉煤渣、捶石子、帮人卸货样样都干，像一头不知疲倦的老黄牛。我十岁那年冬天，年迈的奶奶摔倒瘫痪在床，意识不清需要长期服药，母亲只好留在家里照顾奶奶，不能再出去做事，家里一下陷入困境。

临近开学，母亲满脸愁容对父亲说："孩子爸，眼看就快开学了，孩子们的学费还没着落，这可咋办哪？"父亲小声安慰着母亲。"孩子妈，别担心，总有办法的。""你看这香椿树，叶子都掉光了，可它是在积蓄能量，等待来年春暖发芽。春天就要来了，一切都会好起来的。"

父亲天不亮就出门深夜才回家，加班加点在工地上抬石头，石头足有几十斤重，压在父亲不再挺拔的肩膀上，他的脸整整瘦了一圈。香椿树又抽出了嫩芽，清香依旧。父亲将它们摘下来，一小把一小把的整理好放进竹筐里。那年春天，我们没有吃到香椿芽，被父亲拿到集市上换回了两斤盐巴。他又拉下脸面，四处去亲戚家借钱，总算凑齐了我们的学费。

香椿树一年一年，长得越来越高越来越壮，枝繁叶茂，绿意葱茏。一茬一茬的香椿芽为我们家清苦的生活，增添了几许绿意和芬芳。

如今，父亲去世已经十多年，母亲和我们也早已搬离了老屋。不知道，故乡是否安好？父亲种下的那棵香椿树是否已经发芽？

夜里，我做了一个梦，梦回到熟悉而又陌生的村庄，梦见老屋前的香椿树已满树新芽。清晨醒来，暖暖的春光洒满窗台，照亮心扉。

农具里的父亲 / 张儒学

父亲因农具而高大，农具因父亲而美丽

> 锄头在他的手中，仍充满着灵气，闲了、闷了时可以与它说说话，愁了、倦了时也可以与它吹吹牛。

父亲最喜欢农具，比如镰刀、锄头、犁铧、水车，有的仍挂在家乡老屋的墙上，有的却只能留在他的记忆中，仿佛这些农具能带给他无尽的欢乐与许多甜蜜的往事。

一生都与泥土为伴的父亲，虽然已年过花甲，但他对这些农具，却情有独钟。平日里，住在老屋里的父亲总是取下挂在墙上的镰刀、锄头等农具，像点兵一样一一地清点，把本来好好的锄头也要弄来修修，把前几天才磨亮的镰刀也要弄来磨磨，把上个月才挂上去的犁铧又要取下来擦擦……似乎只有这样才觉得心里踏实。

要说这些农具中的镰刀，是父亲很小的时候就用上的，那时却不是真正意义上的使用农具，是用这镰刀替爷爷割草喂牛，替祖母砍柴煮饭。镰刀，在父亲的心目中就像儿时的伙伴，伴他度过了快乐无比的童年。而在父亲真正用上镰刀这农具时，那是他已从爷爷的手中，接过了全部的生活重担。儿时用的那把镰刀，难以适合身强力壮的父亲，他便找了一个铁匠专门定打了一把又大又长的镰刀。每到麦收时节，父亲就用这把镰刀在地里收割麦子，那特别响亮的"咔嚓、咔嚓"的割麦声，与父亲那高兴而激动得自言自语声："这镰刀才叫镰刀，用起来真来劲！"这把镰刀，点缀了父亲那一个又一个因丰收的喜悦而欢笑的眼神，也为父亲支撑起那因生活的负重而失落的人生。如今，虽然父亲也不再下地干活了，但他仍把镰刀磨得亮亮的，不时在太阳的映照下，还闪烁着美丽的光芒。

要说父亲真正意义上结缘的农具，还是犁铧。那是父亲在 13 岁时，一直帮人犁田为生的爷爷突然病倒了，眼下又是农耕时节，别人的田里还等着栽秧呢。没办法，只好叫从未犁过田的父亲去顶着，比犁铧高不了许多的父亲，只好学着爷爷犁田的样子，打着牛摇摇晃晃地歪歪倒倒地从田里走过。从此，爷爷就一病不起，父亲自然而然地接过了爷爷手中的犁铧，走在了爷爷穷尽一生所走过的路上。几十年如一日，每到开春后，父亲就打着牛犁过那片田野，田野便在父亲那吆喝牛的声音中，在父亲那乐呵呵的笑声里，飘出了一行行抒情而美丽的诗句来。

水车在父亲一生中，是让他最值得骄傲的，也是让他最能感到自豪的农具。在那个还没有抽水机的时代，大凡在农历二月间，山里人就开始整田栽秧，可地处高处的田没水，就得用水车往上面车。这时，队里便开会选择有这方面能力的人，如果被选上去车水，工分得双份不说，还得落下一个好名声。每次队里选人车水时，父亲总是第一个被选上，不识几个字的父亲其他不说，就是车水干体力活最在行。这时他总是高兴地对队长、会计们发几句牢骚："不怕你们吃墨水比我多，有本事车水去？"同时，也不知投来多少山里人羡慕的目光。如今，父亲常常谈起这车水的往事，他说："想那几年车水，谁不想与我一起车；想那几年车水，哪年队长不是第一个点到我；想那几年车水，几天几夜不下水车，现在谁还行？……"如今，水车虽然从小山村里消失，但它似乎仍保存在父亲的记忆中，留给父亲的是无比的快乐与欣慰。

只有锄头，似乎成了父亲心中的伴侣。父亲虽然已不再下地挖土种地干农活了，但他依然每天都扛着锄头出门，在田野里转转也总是扛着锄头，去山坳上坐坐也仍是扛着锄头……扛锄头就是他几十年来形成的无法改变的一种习惯。锄头在他的肩上，似乎仍有几分重量；锄头在他的手中，仍充满着灵气，闲了、闷了时可以与它说说活，愁了、倦了时也可以与它吹吹牛，说些只有他们才听得懂的往事，吹些只有他们才觉得高兴的事。说着说着，仿佛多少往日的艰辛与无奈也变得温馨而美丽，多少往日的欢乐与梦想也变得真实而浪漫。更多的时候，父亲就用这锄头去院前院后除除草什么的，仿佛只有手握着锄头，就来了精神，嘴里又重复着他往日干活时常说的那句话："锄头锄头，日头日头，有了锄头，生活才有盼头！"

由此，父亲因农具而高大，农具因父亲而美丽！

父亲的菜园 / 唐晓堃

这菜地里浇的哪里是水哟，分明就是老爸的心血

> 每每沉醉在蔬菜生长的快乐里，品尝着蔬菜的清香和美味，觉得日子都是绿色芳香的。

父亲的菜园不是网络虚拟的菜园，是实实在在的生活中的菜园，他没有现代化的培养技术，就凭多年的种菜经验，几十年如一日把菜园打造得生机勃勃，一片葱绿。

春天来了，果木冒着芽苞，白的、红的、粉的，各种花竞相开放，在老屋的房前屋后，成了一道道风景线。远远看去，那深绿色的一片，是走过冬日来到春天的甜菜，没有一根杂草，没有一片残损的叶子；那齐刷刷的蒜苗，你不让我，我不让你，在黑土地里排队成行。也许，会有人问，这是不是曾在温室里养着的呢？是呀，雨露，春阳营造了天然的温床。原来没有用催肥素，没有喷农药水，偶有人畜粪肥滋润，便能自然生长，一季二季……土地从没有闲置着。特别是每年的大白菜，又大又白，几块地连在一起，成熟季节，远远看去，就像绿色海洋里涌起的白色波涛。

对于菜园来说，春天既是收获的季节也是播种的季节。甜菜、花白菜、豌豆尖、蒜苗……父亲每天一担，往街上挑，或零售或批发，我很少看到父亲挑着沉沉的担子出门，但我常常看到父亲面带微笑挑着空担子回家，还没等我们问，父亲就一个人说开了，今天甜菜多少钱一斤，花菜街上如何多，还是豌豆尖好卖……这时，我们总是让父亲歇着，给他端出热腾腾的米饭，快十点了，吃的还是早餐呢。春季，菜园里的空地，多是种了莴苣后留下的，很快就在父亲的辛勤劳作下，变成了一块块蓬松肥沃的土壤。春天，父亲不是主要种菜，而是撒播菜苗，什么木耳菜、苋菜、小白菜，名目挺多的，温度较低时，也可看见白色的棚子，一个月后，待生长到5寸左右，就开始上市了，供不应求，价钱也不错。

最难忘的是夏末撒播大白菜种，在每年夏秋季上市时，父亲要向上千户老百姓零售白菜苗，这可是父亲几十年的经验了，人称"何氏大白菜"，每年几万棵白菜苗供不应求，有的农民乘车跑好远的路来购苗，遇到亲戚朋友，父亲总是送上一大把，免费带回去栽种。有一年，遇到特大干旱，一天天看着土地变干，一棵棵白菜苗变瘦了变蔫了，父亲心急如焚，为了挽救白菜苗，父亲竟从大老远的鱼塘挑水来挽救菜苗，菜苗尽管干瘦一点，竟躲过了酷暑难挡的干旱天气。来家里买白菜苗的老百姓，手捧一颗颗经历干旱煎熬的白菜苗，像心肝宝贝一样，父亲那年虽辛苦，但白菜苗的价格竟比往年翻了一番。不久，父亲看着满园子并不逊色的大白菜，心里比喝了蜜还甜。

工作之余，我尤喜回到老家，在父亲的菜园里走走看看，有时还动手为蔬菜除除草、施施肥、捉捉虫，比虚拟的菜园有意思多了，尽管老爸没有种出那样神速的蔬菜瓜果，但我能真切地感受到菜园的生机和活力，每每沉醉在蔬菜生长的快乐里，品尝着蔬菜的清香和美味，觉得日子都是绿色芳香的。

今年春天，又是一个忙碌的季节了，父亲整理好收获过的菜地，准备撒播菜种了，立春后，随着天气渐渐变暖，竟没有下一场透雨，老爸心里忐忑不安，甚至有点忧心忡忡了，他在担心他的菜园，担心菜园里的一草一木。我的眼前仿佛又出现了老爸挑着水一步一步地走向菜地……浇的是水，这哪里是水呢，分明就是老爸的心血！

父亲的麦子 / 仲利民

我忽然间明白：我们又何尝不是父母种下的麦子

> 我出去找父亲，看到他正在望着那片绿油油的麦子出神，等我走近了，他才发现我。我看到父亲双眼盈满了泪水。

父亲打来电话，与我闲聊了一阵，最后问我："什么时间有空回家看看？"我知道，父亲是想他的小孙子了。妻子在城里的工厂上班，儿子在城里的小学就读，我则坐在城里的家中码字。父亲住在乡下，与我们相距30多里路，可是因为乡下道路的泥泞、崎岖，仿佛相隔很远。很多时候，妻与儿子都不想回乡下，好不容易盼到一个星期天，一家人想在一起散散步、逛逛街，或者陪儿子去动物园里玩玩。但是我决定，这个星期天去乡下看望父母，父亲的提醒让我想起已经好久没有回去看看他们了。

到乡下父母家时，院子大门紧锁着，邻居五婶告诉我，父母去田里看麦子了。我把行李放在五婶家，带着妻儿一起向后面的麦地走去。父母正陶醉在绿油油的麦田里欣赏呢！见到我们，才有些恋恋不舍地走出那片麦田。小麦已经蹿得很高了，齐刷刷地，微风吹过，就像排着整齐队列的士兵。

父亲转过身，抱着我的儿子，不停地亲着，儿子咯咯地边笑边躲着，"爷爷的胡子扎人！"儿子的话让我想起父亲硬硬的胡茬儿，小时候，父亲最喜欢用他的胡茬在我脸上来回地荡，现在他又喜欢这样逗弄他的孙子。

"今年又是个好收成！"父亲像是自言自语，又像是在对我说话。我曾多次劝过父亲，让他丢掉乡下这二亩地，跟我们进城去享享福，可是父亲却恋着家乡的土地，季季把庄稼侍弄得油旺旺的。看到父亲陶醉的样子，我有些漫不经心地说："庄稼有什么值得留恋的？忙起来累得要命，到最后也落不下什么？"父亲听了我的话，沉着脸。乡下的房子让夏天的台风搞坏了，还是我掏了二千元钱修缮的。父亲年年辛苦地侍弄庄稼，却没有多少积蓄。我曾经跟父亲算过账，除去种子、化肥、农药、耕地、收割，侍弄庄稼真的没有什么收入。可是父亲不听我的话，原来每当收割时，还让我回家帮忙，自从大型收割机进村收割后，父亲就没有再"麻烦"我，因为他害怕我的唠叨。

中午时，父亲念叨我这段时间怎么没回家带面粉进城？妻子抢着说："在城里买着吃是一样的？"父亲不解地问："买面不花钱吗？""可是我们回家来也是要花钱的啊！"从城里到乡下，坐公共汽车既要转车，又太累，我们回家都是乘"的士"，如果仅为回家带面粉进城，当然不如在城里买面吃方便了。父亲又一次沉默了。

吃完饭，父亲不像往常那样话语多，独自出门了。直到我们要回城时，还没有见到父亲的身影。我出去找父亲，看到他正在望着那片绿油油的麦子出神，等我走近了，他才发现我。我看到父亲双眼盈满了泪水。不知为什么？我忽然想起了艾青的那首诗：为什么我的眼里常含泪水，因为我对那片土地爱得深沉！当我默默地念着这句诗时，我觉得有点理解父亲对土地近乎虔诚的执著了。

海子说：你不能说我一无所有，你不能说我两手空空（海子《答复》）。

这应该是对那些执著地在土地上不辞劳苦、辛勤耕耘的农民最好的诠释。

当我们辞别父母时，渐显苍老的他们把爱恋土地般的深沉目光牢牢地系在我们的背后，我忽然间明白：我们何尝不是父母种下的麦子？

自行车上的父爱 / 徐光惠

自行车上满载着温馨的岁月，满载着父亲浓浓的爱

> 我坐在后座上，听到父亲粗重的喘息声，我搂着父亲的腰，把头贴在父亲的后背，心里不觉暖融融的。

我上小学三年级那年，父亲从外面推回来一辆自行车。

自行车是从旧货市场买来的二手车，看上去笨重、破旧。黑色的高横梁，座椅已磨掉了皮，以及嘎吱嘎吱作响的车蹬子，但为了买这辆二手的自行车，也几乎花费了家里一年的积蓄。

父亲上班的地方很远，那时候班车很少，家里穷，买车票贵，父亲和母亲一合计，省吃俭用，一咬牙买下了这辆自行车。父亲每天骑着它上下班，他把自行车当成了稀罕宝贝，每隔几天就在院子里拾掇拾掇。大哥常在一旁盯着看，好奇地按一下车铃，或是拍一拍座椅。

"一边儿去，别在这里捣乱。"父亲轻声呵斥着，生怕把他的宝贝自行车弄坏了。

家里房屋年久失修，每逢雨天厨房就会漏雨。维修时为了省钱，父亲

骑着自行车去县城驮回水泥和砖瓦，来回奔波不辞辛劳，不知跑了多少趟，经历了多少颠簸和泥泞。

第一次坐上父亲的自行车，我既紧张又害怕，吓得双腿僵硬，两手紧紧抓住车把，弯腰趴在横梁上一动不敢动。

"惠儿，坐好了哈，开走啰！"父亲脚一踮蹬动了自行车，车子摇摇晃晃不停摆动。"爸爸，我怕！"我惊叫一声，脸色煞白。"惠儿，别害怕，放松点，没事的。"父亲疼爱地拍拍我的肩。

自行车慢慢变平稳，我不再那么紧张，父亲载着我在公路上前行，清脆的车铃声传得很远，风呼啦啦地从耳边刮过，一路清凉。我开心地摆动着双腿，想象着自己和父亲正骑着高大的骏马，在一望无际的田野上纵情驰骋，路上撒满我和父亲的欢笑声。

上初中后，学校在县城，离家较远要走约四十分钟的路程，也没有公交车，晚上夜自习后，父亲担心我的安全，就会骑着自行车来接我回家。每次下夜自习，走出校门，便看见一个熟悉的身影，父亲站在墙根下等我。他总是先将车把稳，让我坐上后座。"惠儿，坐稳了啊！"父亲小声叮嘱我。

出了城就是一段土路，狭窄、坑洼不平。晚上，一路上没有路灯，手电光线昏暗。父亲尽量找平坦的路走，小心翼翼地绕过那些泥坑，让我免受颠簸之苦。盛夏，酷暑难耐，天气热得像蒸笼，父亲脚下费力地使着劲儿，古铜色的脸上汗水直往下流，骑回家时，父亲身上的衣衫早已被汗水湿透。

冬天的夜晚，四周漆黑一片，寒气逼人，风呜呜地刮着，我心里忐忑不安。父亲顶着刺骨的寒风，身体用力向前倾，费力地蹬着自行车，一步一步艰难前行。我坐在后座上，听到父亲粗重的喘息声，我搂着父亲的腰，把头贴在父亲的后背，心里不觉暖融融的。

由于经常手握车把头，父亲的手背冻裂了许多口子。初中三年，许多个夜晚，我坐在父亲的自行车上，来往于家和学校的路上，不管风吹雨打，从未间断。

18岁那年,我走上工作岗位。离开家去单位那天,父亲骑车送我去县城汽车站。为了赶上早班车,天还蒙蒙亮,我和父亲就出了门。头天晚上刚下过雨,路上全是石子儿、泥浆和水坑。我背着简单的行李坐在车后座上,父亲骑得很艰难,车胎咯吱作响,车子颠簸不已,稍不注意,就陷进泥坑里,车轮子被泥浆糊住。实在骑不动了,我就下来和父亲一起走。父亲把行李绑在后座上,推着车在前面走,我跟在父亲身后,深一脚浅一脚,裤腿上、胶鞋上全是泥水。突然,不小心脚下一滑,我啪一声摔倒在地,手臂被硌破了皮,疼痛难忍,眼泪都快下来了。

父亲将手伸过来:"惠儿,摔痛了吧?忍着点啊,再难的路都要坚持走下去。"拉着父亲有力的大手,我感觉踏实而温暖,仿佛吸取到一种无形的力量,我忍住泪水,从泥地里爬起来,一步一步往前走。

父亲已离世多年,我常常怀念那些年坐在父亲自行车上的幸福时光。自行车上满载着温馨的岁月,满载着父亲浓浓的爱。我想,或许就在今夜,在梦里,我会与父亲重逢,再次骑上那辆自行车。

父亲的烟斗 / 孟宪丛

犹如一杯酽酽的美酒，父亲的烟斗弥散着醉人的芳香

> 父亲的烟斗犹如一杯酽酽的美酒，它斟
> 满了甜蜜的滋味，始终弥散着醉人的芳香，
> 飘逸着甜美的梦幻。

孩提时代的往事，大都随着流水般逝去的岁月而变得模糊，只有父亲的烟斗，划在了我最深的记忆里。

父亲爱吸烟，尤喜吸旱烟。自打我记事起，他常常背着手，悠悠地踱着步，整天嘴里叼着个烟斗，犹如叼了一个大大的问号。

早在大集体的时候，父亲是生产队队长，说一不二，颇有领导风范，有"烟斗队长"之雅称。每每在开会讨论决策重要问题时，父亲常常开始是烟雾缭绕地吸溜烟斗，最后将烟斗往桌子沿用力一磕："就这么定了！"掷地有声，有着一"斗"定音的当家者风范。记得有年春天，村里一户人家不慎失火，父亲组织村民救火，大伙都听父亲的指挥，那叼着烟斗从容、有序的样子，好像指挥千军万马的将军，着实令我羡慕、自豪了好一阵子。

父亲吸的烟丝都是自己加工的。每年春天，他将细细颗粒的烟叶籽种

好，精心浇水侍弄，等长出来两瓣嫩芽的时候，他一有时间就蹲在旁边用两拇指和食指捏着拔草，等长到有一拃高的时候，再移植在地里，父亲种烟叶都种在房前檐后的空地里，为的是管理方便，好照料。等到秋天，父亲再仔细地把烟叶摘下，小心翼翼地一片一片用线穿起来，挂在土墙上，一串一串的，好像趴在墙上的金色人参果，煞是好看，一进院子那浓烈的烟味就直扑鼻孔。等烟叶晒干后，用刀切成丝状，放到笸箩里双手小心翼翼地揉成细丝、细末，再拌上麻油等香料，放入锅中焙烤，那金黄色的烟丝，带着浓浓的香味只扑鼻孔，父亲抓起一把放到鼻子下嗅几嗅，再仔细地端详一番，脸上露出满意的微笑。等焙干后，放入一个不大的布袋里，够吸一个冬天。

父亲吸烟没有规律，劳作间隙抽一锅，开会间隙抽一锅，扎堆聊天抽一锅，睡觉起来抽一锅，开心时抽，烦恼时抽，来了客人以烟相待，烟斗里的烟特别浓香，袅袅四溢，未曾吸一口，人自醉了……

记得随父亲到地里锄地，他从不忙着干活，而是在地头先找块草地坐下，悠悠地从裤腰带上摘下烟袋，抽出烟斗，装上烟叶，丝丝地吸上一锅，然后，才精神十足地起身干活。父亲吸烟的神态，半点也不造作，握着大大的烟斗，放到嘴里丝丝吸溜，香甜至极，就像行云流水般畅丽的诗句，清爽飘逸的诗意。似乎只有在用烟斗吸烟这种极大的满足中，其生命活力才能得到迸发。

父亲是个热心人，对村里人逢忙必帮。有一年夏天，有一对婆媳闹意见，儿媳一时想不开，服了农药，正值晚上，那家人找来帮忙，父亲二话没说扔下没有吸完的烟斗就走，并叫了村里一个小伙子，一同用手推车送到了乡里的卫生院，忙前忙后，直至凌晨 2 点多病人脱离危险。这时，父亲想起了烟斗，但扔在了家里，一同来的小伙子给他一支卷烟，他没吸，说不管用，不如自己的旱烟，据说，这是父亲唯一一次关键时刻烟斗没有随身的"重大失误"。

父亲从小就喜欢我，常常用烟斗轻轻地敲着我的头："好好学习，长大了出息点！"

那一年秋天，快要到中秋节了，我要到外地求学，父亲送我到车站。父亲从水泥砖地上磕了磕烟斗，在小卖部给我买了 3 个月饼塞进我的包里。八月十五夜里，一个人吃着父亲的月饼，想起了父亲叼着烟斗买月饼的情形，恍若朱自清《背影》里买橘子的父亲。

此后，我回家的次数不多，但每次回家，父亲总要叼着烟斗，教育我好好工作，不得偷懒，正直做人，清白做事……

在每天起早贪黑的日子里，父亲指挥着全家用汗水浇灌着希望，日子一天一天过去，也一天天好起来了，对此，父亲常常吸着烟斗颇得意地一再叮嘱全家不要忘记过去那补丁般的岁月。

父亲的烟斗犹如一杯酽酽的美酒，它斟满了甜蜜的滋味，始终弥散着醉人的芳香，飘逸着甜美的梦幻。从父亲袅袅的烟云中，折射出多少古朴的乡风民俗，演绎出多少坝上农民特有的纯朴、率直和执着。

如果你足够优秀 / 周海亮

其实用不着问，父亲能从我的眼神里读到一切

> 那天我和父亲说了很多话，但唯独没有谈起考试的事。其实用不着问，父亲能从我的眼神里读到一切。

多年前一个夏天，我选择了报考美术师专。复试在县城的美专进行，因为全校只有我一个人通过初试，所以复试是没有老师陪同的。参加复试的头一天，父亲问我，需要我陪你去吗？我说，不用了。父亲说那你一个人去好了。反正我去了，也帮不上你什么忙。于是第二天早晨，我一个人挤上通往县城的唯一一班公共汽车。

那是我第一次出远门。那年我十七岁。

下了汽车，按照父亲的嘱咐，我寻了一家旅店。我记得自己很紧张，结结巴巴地跟服务员要着房间。然后我找到了第二天要进行复试的考场。考场设在那个美术师专的一间教室，在那里，我第一次见到那么多的画夹画板，第一次见到真正的石膏模型。我兴奋得浑身颤栗。能在这样的教室里画画，我愿意用所有的代价交换。已经来了很多考生，他们坐在教室里，

在老师或者父母的指导和陪同下打着线条。没有多余的位子，我在那里待了一会儿，熟悉了一下环境，就离开了。

那晚我彻夜未眠。躺在陌生的旅店，兴奋与紧张紧紧将我裹挟。我想明天将注定是我一生中的一个非常重要的日子。假如我发挥得好，就将实现画一辈子画的梦想；假如发挥得不好，那么，极有可能，我会和我的那些父辈一样，将自己的一生，消耗在地头田畔。当我第三次起床喝水，天已经亮了。

那天我发挥得糟糕透了。我想即使我发挥得再好也没有用，因为，在等待进考场的时间里，我听到一些考生的风言风语。他们说考试完全是一种形式，而最终的人选，其实早已内定。他们的话似乎是有道理的，因为我看到校门口的轿车排成一排，我看到很多可疑的人站在那里鬼鬼祟祟交头接耳。那是我第一次感觉到世界的可怕。那是我第一次感觉原来还有另一种力量可以操纵一件事情的结局，并轻易埋葬一个人的梦想。

考场上我告诉自己不要紧张，可是我做不到。我的手心里全都是汗。我不停地用着橡皮。——稍有素描常识的人都知道，过多用橡皮是素描中的大忌。总之那天我的发挥异常糟糕，我稀里糊涂地交了考卷，垂头丧气地回到家。

父亲在村口接我。他不停地给我讲这两天来村子里发生的事。他做了一桌子菜，打开一瓶酒。他第一次把我当成一个男人，他给我的酒杯里倒满了酒。那天我和父亲说了很多话，但唯独没有谈起考试的事。其实用不着问，父亲能从我的眼神里读到一切。

两个多月后，录取通知书仍然没有盼来，我知道，我考上美专的最后一丝希望彻底破灭。我终于跟父亲讲起那天的事，我告诉他被录取的人员可能内定得差不多了。为证明我的话是正确的，我给父亲举了很多例子。父亲听后，看了我很久。他说，我相信你说的那些都是真的。叮是，如果你足够优秀，那么，他们就没有不录取你的道理。现在你被淘汰了，你怨不得别人。你被淘汰的理由只有一个——你还不够优秀。

我想父亲的话是正确的。美术考场的特点是，每个人的画作都是开放的，别人都可以轻易看到。假如我发挥正常，那么，或许我还有被录取的可能；假如我技惊四座，那么，他们肯定会将我录取。可是那天我的发挥是如此糟糕——我看了很多考生的作品，他们画得都比我好。

有时候就是这样。这世上的确有龌龊、有阴暗，有我们想不到的复杂。我们不喜欢这一切，可是我们无法改变。然而我们可以改变自己。我们可以努力把自己变得非常优秀。你变得足够优秀，那么，你才有战胜这些龌龊和阴暗的可能。当你的才华光芒四射，任何龌龊和阴暗，都不能够将之遮挡。

当然，很有可能，你一辈子都达不到足够优秀。可是你应该有将自己变得足够优秀的想法，并将这个想法，变成为自己的行动。假如你只为"变得足够优秀"而活，那么，首先，你不会变得龌龊和阴暗，其次，你会快乐，最后，你极有可能真的变得足够优秀。

现在我所从事的，是与画画毫不相干的职业。可是多年来我一直相信父亲的话：只要你没有成功，只要你被别人击败，就证明你还不够优秀，这时所有的怨天怨地，都是悲观和毫无作用的。你必须让自己变得更加优秀。——这不是对龌龊和阴暗的妥协，这是另一种乐观的人生态度。

爹爹当然出爹味 / 刘诚龙

世界上若存在干净的爱，只有一种，就是父母的爱

> 爹爹不出爹味，不是爹呢。世界上若存
> 在干净的爱，纯粹的爱，无私的爱，舍己的
> 爱，只有一种，那就是父母的爱。

社科院女研究生休学待产，一个高智女孩，放弃学业，无甚可担心的，人家只是休学，产假后可以再入校完成学业的。我等发蒙的是，她嫁的是无颜值无学历无资产的"三无男"。男孩身高160，职业是理发师，家庭也不咋样，两人结识三个月，女生怀孕两个月。

这桩不对等的爱情，是正点天仙配，还是乱点鸳鸯谱？引得一爹欢喜一爹愁，他子欢悦他爹忧。一爹欢喜，说的是公爹，我崽要得，我崽是差，可是能够抱得佳妇归呢，公爹笑得合不拢嘴了；一爹愁，说的是"私"爹（家爹），全身心养女，本想叫女嫁个金龟婿，这下倒好，钓了个理发师，私爹肯定整日唉声叹气。

公爹私爹喜与愁，不奇怪，两人都是局中人。他子欢悦他爹忧，说的是网上小子与网上老爹。人家相爱，一个钟情，一个怀春，干卿何事？一

个愿嫁，一个愿娶，不干卿事。网上小子与老爹们却个个情绪饱满，人人激情难耐，把人家情诗与私事，拿出来笑一番，哭一番，唱一番，骂一番，说事一番，说教一番。

网上老爹与网上小子，跟公爹与私爹情感一样，他们也是别有一番滋味在网头。网上老爹声声叹息，社科院高材生，一朵鲜花插在牛粪上，读再多书没得用，那高学历救不了低端"爱情脑"，让爹白疼了二十多年，若是我女，我要竹扫把打出家门，网爹们痛心疾首，语重心长，教育社科院女生，要从长计议，不要被眼前爱情蒙住双眼，一个社会底层的理发师，跟一个社科院的高材生，门不当户不对，匹不了对。理发师也许会翻盘，走上社会上层，工程师也可能跌盘，沉入社会下层，但都概率不大，直接嫁个工程师比直接嫁理发师，今后人生幸福值和高度，不一样啊，姑娘。

网爹们一番苦劝，惹得网子们一番嘲笑：网爹爹们，你们嘴里出的是潲水气，爱情是两个年轻人的事，干尔等屁事。这个时代，还有不计门第、不计学历、不计财气、不计颜值的爱情，歌颂吧，点赞吧，送红包吧，喝喜酒吧，网爹们在这里说丧气话，满口都是爹味，存心讨人嫌。莫怪网上小子斥网上老爹，天上掉下个林妹妹，竟然没掉入怡红院，掉到了未庄，叫他们欣喜为何如？还不是天上掉林妹妹，是天上掉仙妹妹，七仙女下嫁牧牛郎，岳父大人气得划银河，要与女婿划清界限，女婿崽喜得跳脚，生米先煮成熟饭，一年一次鹊桥会，也情愿心甘。

爹爹不出爹味，不是爹呢。世界上若存在干净的爱，纯粹的爱，无私的爱，舍己的爱，只有一种，那就是父母的爱。衣食住行，吃喝拉撒，生长病教，父母对子女的爱，是全覆盖，无死角，全方位，无盲区，一生心血大半放在子女身上，即使儿女大了，翅膀硬了，展翅飞了，父母对子女，始终不改爱的初心。恋爱是终身大事，父母指定是特别在意的；父母若不管子女爱谁不爱谁，那不是父母了吧。爹爹在子女爱情的事上，不出爹味，妈妈在儿女婚姻的事上，不出妈味，那就没一点人味。

崽大不由爹，女大不由娘。子女们声调高，大声嚷，恋爱自由，家庭民主。恋爱自由，此处不表，家庭民主是，小子一票定音，叫民主，老子一票否决，叫独裁；一票决定之一票。现在哪有家长制作风啊，都是家少制作风。一家三口，有三票嘛，加上未来媳妇或女婿一票，也是四票，你一票否决其他票，小子唉，你这民主哪里学来的。生活之事，小子要父母全包，儿女之事，小子把父母赶跑。这是小子们的家庭民主。小子们，你们这些小子们哪，掌握着话语权，欺负老爹老妈没文化。君子报仇十年不晚，老子报仇二十年不晚，崽啊崽，二十年后，你也要变成爹啊，生个小子来磨你。

爱情与婚姻上，当然是儿女为主，最后也确由其做主，这叫恋爱自由。不过，父母是过来人，是理性的人，他们看人看事，具有参考价值；年轻人在恋爱中，感性远远高于理性，情令智昏是经常发生的事，现在离婚率那么高，跟当年恋爱只过身子、不过脑子，是有干系的。爱情与其他事上，儿女们事先跟父母通通气，商商量，父母不做主，做参谋，还是可以的嘛。家庭民主是，父母民主，儿女集中，最后拍板权归儿女，这才是真民主，才是家庭生活最好的民主集中制。

社科院女生嫁理发师男士，女生父母气出心脏病，送女读小学，读初中，读高中，读大学，读研究生，读来读去，嫁个理发师，父母心何甘呀？估计父母与女儿斗啊斗，斗争了很久的。父母伟大，跟天斗，其乐无穷，跟地斗，其乐无穷，跟人斗，其乐无穷；跟天地人斗，父母都可能斗赢，至少是惨胜。跟儿女斗呢，基本上是斗输，多半是惨败。女儿要嫁谁，儿子要娶谁，父母说了不算，都是儿女一票定乾坤。

女儿下嫁，第一个想阻止变成事实的，是父母；女儿下嫁，第一个指定认可事实的，是父母。与儿女们战争，父母指定是失败国，失败国第一个承认战胜国建国。失败者唯一出路是老实当战俘。父母真是儿女的战俘。

儿女结婚，先前有多反对，后来便有多支持，嫁奁啊，火扯火地送，外甥啊，肝割肝地爱。先前阻止儿女不对等的爱情成为事实，是爱，后来承认已对亲家的爱成为事实，是爱。可怜天下父母心，贱乎？可怜。

　　这就是爹味，这就是妈味，爹味妈味是淌水味，还是肝肠味？可怜天下父母心，儿女们，尔等的父母心，可怜可怜吧。

牵着女儿的手 / 崔修建

无论你多大，你都是父亲的好女儿，是他掌心里的宝

> 在奔流的时光长河中，那一次次的牵手，
> 有多少关心，有多少期待，又有多少温馨和
> 美好啊！

    无论你多大了，你都是父亲的好女儿，都是我掌心里的宝。牵着你的手，就有温暖在不知不觉传送，就有力量在潜滋暗长，多大的风都吹不开我们，多大的雨都浇不散我们。

    还记得你蹒跚学步时，你总是喜欢把胖乎乎的小手伸给我，似乎只有被我的一只大手握住了，你才可以放心大胆地迈步，似乎只有那样有力的牵引，你才可以无所畏惧地前行。

    还记得，牵着你稚嫩的小手，我们忘情地奔跑在我远方故乡的大草甸子里，你清脆如铜铃般的笑声，在悠悠的白云下轻快地飘散着，草地里那些欢悦鸣唱的小鸟，那些恣意开放的各种小花，也都在羡慕你一览无余的快乐。你白嫩的胳膊，你细软的手掌，兴奋地向前探出，一只只漂亮的蝴蝶翩然地飞舞着，带你走进童话的世界。

你上小学了，面对街市上熙熙攘攘的车流人流，我总是习惯性地抓起你的小手，等绿灯亮起时，领着你快步走过斑马线。其实我知道，一向小心谨慎的你，特别遵守交通规则，懂得怎样安全地过马路。可是，直到你上中学了，我还是坚持接送你，每次过马路，我还是那样习惯地牵着你的手。你安然地与我并肩在人流中穿行，我竟有一种无比幸福而伟大的感觉。

美好的时光过得总是飞快。如今，你已出落成一个亭亭玉立的大姑娘，就要去一个很遥远的城市读大学了。在帮你打点行囊时，我才恍然发觉——你真的长大了，我牵着你的手走路的机会越来越少了。如果说你的长大就意味着我的放手，我多么希望你现在仍是依恋我手臂的那个小姑娘啊。

那天，你提出要陪我去书店。我竟有些受宠若惊了，因为最近的这两三年里，我工作特别忙，你也进入了更崇尚自由的花季，你更多的时间是与同学一起聚会、逛街、看电影、吃快餐……你已无需我的手来牵拉了。我似乎也在不知不觉间放开了手，任你自由地奔走在青春飞扬的日子里。尽管你在我心目中，依然是一个孩子，一个仍需要呵护的孩子。

走到街口，你一下子挽起了我胳膊，有点儿撒娇地将头靠到我的肩头，旁若无人地和我并肩同行。你的那个亲昵的动作，猛地将我拉向记忆中的从前。那时，我的手是你依赖的船桨，握住了，你便可以抵达所有的彼岸；我的胸膛你是信任的大山，靠过来，你便可以恬然入眠。

而现在，我被你那样有力地挎着胳膊，真切地感受到了一种被年轻带动的力量。没错，你真的已经长大，而我正一步步地走向苍老。你正拥抱最美的青春时光，而我已开始打开沧桑的画面，而这些都是岁月不能更改的法则。

被你温暖地牵着走过长街，我自豪地接受来来往往的行人的羡慕和赞叹。是啊，有一个这样贴心贴肝的女儿依偎在身旁，还有什么样的烦恼、苦闷和焦躁不被驱散呢？幸福的真谛，不就是这样与最亲近的人无拘无束地说说笑笑吗？不就是把每一个寻常的日子，都让亲情温润，让爱情滋养，让友情丰富吗？

阳光柔柔地烘烤着前胸后背，我不禁想起了第一次送你去幼儿园的情形：那天，本来我们一路上都说好了，你会听阿姨的话，跟小朋友一起好好玩。可是，刚一进大门，你就牢牢地攥紧我的手，再也不肯松开，非要拉着我跟你一起留下。我和阿姨费了好半天的口舌，才哄得你撒开手，可是，一见我转过身，你还是哇哇地大哭起来，仿佛受了莫大的委屈似的。晚上来接你时，你赌气地不让我牵你的手。出了幼儿园没多远，你的小手便不由自主地伸到我的手里，高兴地向我报告幼儿园里发生的各种有趣的事儿。

走进那家大书店，你径直带我走到摆放学术书籍的三楼。你知道，平时我每次去书店，都习惯把主要时间投放在那里。而你以往每次去，都愿意在一楼的青春读物和四楼的各种学习资料书架前流连。你说你要上大学了，选的是和我当年一样的汉语言文学专业，你说自己读书该上层次、讲品位了，你让我给你推荐一些中文系学生应重点阅读的学术书籍。

难得你有这样的兴致，像一个好学的小学生，对我的指导洗耳恭听，我就不无得意地为你指点迷津了。

买了几本书，你装了一个方便袋，用一只手拎着，另一只手仍牵着我的手，仿佛怕我走失似的。我们就那样悠悠地迈着碎步，走向公交车站。

车来了，我先上去了。只有一个空座了，你把我按到座位上，站在我身旁，絮絮地向我讲述你的大学生活计划。空气中弥漫着你美丽的憧憬和十足的自信，我一下子就想到了自己那已远去了26年的大学时光，想起了当年我怯怯地牵着父亲的衣角走进大学校园的情景。

我是牵着父亲的手走到今天的。如今，我又牵着你的手，即将把你送进大学校园了。在奔流的时光长河中，那一次次的牵手，有多少关心，有多少期待，又有多少温馨和美好啊！

我知道，此后很长的日子里，将是你牵着我的手，走在生命的旅途上，尽情地欣赏一路的好景色，依然有期待，有关切。就在我们十指轻握时，我能够清晰地听到时光行走的声音，听到我和你一样简单而真诚的心声——感谢今生有缘，让我牵着你的手，走过漫漫的人生，无怨无悔。

父亲的眼泪 / 仲利民

父亲因为不能给儿女带来幸福而流泪，却从没想过他自己

> 父亲的泪水是因为不能给别人带来幸福
> 而流，却从没想过自己，父亲的两次泪水让
> 我看到了他的伟大与无私。

父亲是一位坚强而倔强的人，再大的苦难都不能让他折腰。在众人面前，他是一位刚强而沉稳的男子，而唯有我了解他内心柔弱的一面，因为我亲历他两次泪流满面的情景。

第一次，是父亲在奶奶面前流了泪。那时候，我们还小，奶奶已有七十多岁了，大伯要求奶奶由他家和我家轮流扶养，父亲没说啥就同意了。那时大伯在村里当干部，家境富足，而我家却很贫穷，连油盐钱都是用鸡蛋去换的。

但是，每次轮到奶奶要到我家来生活的那月，父亲就让母亲把鸡蛋攒起来煮给奶奶吃，而不再拿去卖。有一次，看到奶奶把煮熟的鸡蛋扒去外壳，露出白嫩嫩的蛋白，我那馋馋的目光便盯在奶奶手上再也转不过去了。奶奶见我傻愣愣地盯着她手上的鸡蛋，就轻声地唤我："孩子，你过米。"

我怯怯地朝里屋望了一眼，见父亲忙事去了，便偷偷地倚在奶奶的怀里和奶奶一起分享那人间至美的食物。说真的，已有很长时间没吃过如此美味的东西了，雪白细腻的蛋白在我口中嚼来嚼去都舍不得咽下去。就在我闭目细细品尝美味的时刻，一记响亮的耳光把我惊醒，脸上火辣辣的痛。不知何时，父亲已来到我身边，看到父亲怒不可遏的样子，我忘了痛，怯怯地站在一边不言语。

见到父亲发怒的样子，奶奶也生气了："他还是个孩子，你怎么舍得下狠心去打他?"

"妈，我是……我是怕他把您那份吃了啊!"父亲在奶奶面前依然是孩子似的，"我们最大的能力就只能让您吃这个了。""我知道。"奶奶说，"这个鸡蛋在你们家就是最好的东西了，你们一家把最好的东西省下来给我吃。在你哥家我也吃这个，但在他家那却是最普通的东西。"奶奶说完，把我搂进怀里。只见父亲呆呆地立在那儿，泪水就流了下来："妈，我没有能力让你吃上更好的东西。"奶奶笑着对父亲说："娃儿，你让我吃到了世间最美的东西——儿女最大的孝心。"听完奶奶的话，父亲已是泪流满面。后来，奶奶是在父亲的怀中幸福地离去的。

父亲流的第二次泪水是在我弃学外出打工时。我和二弟同时考入县中学读书，成绩都很优秀。后来，父亲承受不起越来越多的学费，想让二弟退学好供我继续读书。我知道后说什么也不同意，"二弟比我小，要不念，让我不念吧? 我可以出去打工挣钱了。"当我做出决定以后，父亲看着我竟默默地流下了泪水，我知道那是父亲无奈与疼爱的泪水。

送我上车时，父亲悄悄地塞给我 20 元钱，我没接。我知道，家里有这20 元钱就可以将就着过一个月了，而我外出时已经与接收单位说好由他们免费提供食宿。父亲见我执意不接他递过来的钱，便怔怔地愣在那儿，过了好一会儿才像突然想起什么似的，去车站对面的售货亭买了几只苹果塞进了我的行李包里，然后又转过身轻轻地擦去脸上的泪水。

在外摸爬滚打了数年后，我也渐渐过得好了起来，二弟也考上了满意的大学。后来，每当我们无意中提到辍学那件事，父亲就会自责起来。我便安慰父亲，告诉他自己现在并不比上过大学的人差，父亲这才觉得好过一些。

父亲是一位刚强的人。他的两次落泪，一次是因为不能让长辈吃上更好的食物而产生的愧疚；另一次是因为不能为孩子创造受教育条件而产生的伤感。父亲的泪水是因为不能给别人带来幸福而流，却从没想过自己，父亲的两次泪水让我看到了他的伟大与无私。

父亲的箴言 / 张以进

没有不爱自己孩子的父亲，千万不要怀疑父亲对你的爱

> "你改变不了世界，却可以改变自己。"
> 父亲的箴言一直激励着张秋云。

张秋云十八岁那年，有过很多很多的梦想。他想当一名作家，出版自己的作品；他想当一名教师，业余时间写诗作画；他更想当一名编剧，创作出令人瞩目的电影剧本。可这一切，都因为高考失利而变得遥不可及。更让张秋云心灰意冷地是，得知他高考落榜，父亲冷冷地说："叔叔是泥水匠，你就跟他去学手艺吧。"

父亲的话伤透了张秋云的心。说实话，从小学到高中，张秋云的学习成绩都很不错，很多老师和亲朋好友，都夸他将来有出息。可在那千军万马参加高考挤独木桥的年代，张秋云离上线差了二十多分。班主任老师说他的成绩挺不错，复习一年再考，应该能考上。张秋云把高考成绩告诉父亲的同时，也把班主任的话说了一遍，可父亲却阴沉着脸色，过了好久才蹦出了一句让他去学泥水匠的话。

听完父亲的话，张秋云跑到二楼的小书房，关紧房门号啕大哭。学泥水匠，他就会像那些初中没毕业的家乡小伙一样，靠一双手打工去闯天下了；他再也没有机会靠读书改变自己的命运了。哭着想着，张秋云确实不甘心。吃晚饭的时候，张秋云再次向父亲提出明年去复习，如果没钱，借来的钱他可以自己去还。其实，张秋云心里清楚，下半年大哥要娶嫂子，这钱稍微省一点，他就能去复习了。可父亲听后摇了摇头，说不会改变决定。

父亲的冷漠让张秋云感到非常意外。从小到大，在三兄弟中，父亲都是最疼他的，不仅在生活上关心他，经常给他塞上几块零花钱；对他的学习成绩也很关心，经常会过问他的考试成绩。张秋云想，自己高考失败对父亲肯定是个沉重地打击，可父亲也不应该就这样让他告别读书生涯啊。

为了改变父亲的想法，张秋云悄悄地给班主任老师打了电话。班主任得知情况后，很快来到他家。父亲对班主任的到来很感意外。不过，父亲很快捉摸出老师的意图。父亲先是说家里比较困难，实在没办法让张秋云再去复习；后来又说即使参加复习了，第二年也不一定能考上。一席话说得班主任很尴尬。张秋云在楼上偷听他们谈话，既气又恨，眼泪又不争气地流了下来。

半个月后，父亲特意把叔叔请了过来，让张秋云向叔叔敬酒拜师，望着父亲买给他的那只工具包，想到自己将要告别读书生涯，与平常的打工青年一样闯荡江湖，张秋云没有一丝一毫地欣喜。只是机械地听从父亲的吩咐，给叔叔敬了酒拜了师傅。看张秋云不太好的脸色，父亲也没有多说，直到叔叔快走时，父亲边吸旱烟边说："我知道这样委屈你，可过几年你会明白的。不过，爸爸告诉你一句话，什么时候你都不要忘记：你改变不了世界，却可以改变你自己。"

张秋云没有回答父亲，做出影响他前途命运的事情，张秋云觉得任何理由都是多余的。可父亲的那句话，却让他在床上翻来覆去想了很长很长时间。

张秋云很快跟叔叔走出了山村，天南海北地找建筑工地干活。也许张秋云爱好文学的缘故，无论走到哪里，空余时间，他总是不停地看书学习，顺便也写点文章。奇怪的是，叔叔对张秋云也不是很严厉，因此，他的手艺也没什么大的长进。

第二年，张秋云在一座城市打工，千里之外的父亲从家乡打电话过来，说母亲病重去世，叔叔给了张秋云一笔钱，让他赶紧回家。在送张秋云上火车的路上，叔叔语重心长地对张秋云说："千万不要责怪你爸爸，否则你会后悔的。"听到叔叔话里有话，张秋云哽咽着问叔叔为什么？叔叔告诉他说，其实他爸爸很想让他再去读书，可家中确实没什么钱了。如果再传出母亲生病，大哥的媳妇怕也娶不成了。叔叔说："我觉得你父亲那句话最中听：你无法改变世界，却可以改变你自己。"

在回家的火车上，张秋云再次细细回味父亲的那句话，终于明白到父亲的苦心。其实，父亲可以让张秋云留在家乡帮他支撑那个即将破碎的家，可父亲却依然自己挑起那副沉重的担子，为的是让张秋云能走出去接受更多的磨练。

回家送走母亲后，张秋云又和父亲进行了一次彻夜长谈，张秋云终于了解到父亲的苦：母亲生病，大哥娶媳妇，家中早已借了不少钱，可父亲却不能流露出半分情绪，为的是让张秋云自己能坚强自立。

外出打工这段经历，让张秋云对人生理解了很多很多。再次外出，张秋云在叔叔后面潜心学习手艺，不久被一家建筑公司看中。几年后，张秋云先后通过自学拿到了大专和本科文凭，成为土木工程师，在公司里确立了自己的地位。文学创作方面，张秋云也出版了自己的小说散文集，努力拼搏的他终于事业有成。

"你改变不了世界，却可以改变你自己。"父亲的箴言一直激励着张秋云。可张秋云始终不明白，作为一个普通的农民父亲，竟然会说出那样一句改变他一生的至理名言。可有一天，当张秋云回到老家，看到白发苍苍的八旬父亲，手中依然拿着画笔，一笔一画在学习国画创作的时候，他终于明白，父亲的箴言是发自内心最真切的感受。

第 3 辑

/

明天，或许就晚了

有些事现在不做，一辈子都没机会做了！

所以，孝敬父亲这件事，一定要趁早。

虽然，在父爱的辞典里，

永远没有"索取"一词，

正因为如此，

我们许多人把享受父亲的爱看作理所当然。

不错，父亲当初爱的付出是不图回报，

但父爱是不应该就这么被轻易忘记的。

天下的儿女，如果有空就常回家看看吧，

不要让老父的心，在惦念中饱尝孤单。

常言道，亲人只有一次的缘分。

下辈子无论爱或不爱，

你跟他都不会再相见。

千万不要以为，你还有的是时间，

殊不知，明天，或许就晚了！

父亲的病 / 鲁迅

父亲的喘气声，连我也听得很吃力，然而谁也不能帮助他

> 父亲的喘气颇长久，连我也听得很吃力，然而谁也不能帮助他。我有时竟至于电光一闪似的想道："还是快一点喘完了罢……"

大约十多年前罢，S 城中曾经盛传过一个名医的故事：

他出诊原来是一元四角，特拔十元，深夜加倍，出城又加倍。有一夜，一家城外人家的闺女生急病，来请他了，因为他其实已经阔得不耐烦，便非一百元不去。他们只得都依他。待去时，却只是草草地一看，说道"不要紧的"，开一张方，拿了一百元就走。那病家似乎很有钱，第二天又来请了。他一到门，只见主人笑面承迎，道，"昨晚服了先生的药，好得多了，所以再请你来复诊一回。"仍旧引到房里，老妈子便将病人的手拉出帐外来。他一按，冷冰冰的，也没有脉，于是点点头道，"唔，这病我明白了。"从从容容走到桌前，取了药方纸，提笔写道：

"凭票付英洋壹百元正。"下面是署名，画押。

"先生，这病看来很不轻了，用药怕还得重一点罢。"主人在背后说。

"可以，"他说。于是另开了一张方：

"凭票付英洋贰百元正。"下面仍是署名，画押。

这样，主人就收了药方，很客气地送他出来了。

我曾经和这名医周旋过两整年，因为他隔日一回，来诊我的父亲的病。那时虽然已经很有名，但还不至于阔得这样不耐烦；可是诊金却已经是一元四角。现在的都市上，诊金一次十元并不算奇，可是那时是一元四角已是巨款，很不容易张罗的了；又何况是隔日一次。他大概的确有些特别，据舆论说，用药就与众不同。我不知道药品，所觉得的，就是"药引"的难得，新方一换，就得忙一大场。先买药，再寻药引。"生姜"两片，竹叶十片去尖，他是不用的了。起码是芦根，须到河边去掘；一到经霜三年的甘蔗，便至少也得搜寻两三天。可是说也奇怪，大约后来总没有购求不到的。

据舆论说，神妙就在这地方。先前有一个病人，百药无效；待到遇见了什么叶天士先生，只在旧方上加了一味药引：梧桐叶。只一服，便霍然而愈了。"医者，意也。"其时是秋天，而梧桐先知秋气。其先百药不投，今以秋气动之，以气感气，所以……。我虽然并不了然，但也十分佩服，知道凡有灵药，一定是很不容易得到的，求仙的人，甚至于还要拼了性命，跑进深山里去采呢。

这样有两年，渐渐地熟识，几乎是朋友了。父亲的水肿是逐日利害，将要不能起床；我对于经霜三年的甘蔗之流也逐渐失了信仰，采办药引似乎再没有先前一般踊跃了。正在这时候，他有一天来诊，问过病状，便极其诚恳地说："我所有的学问，都用尽了。这里还有一位陈莲河先生，本领比我高。我荐他来看一看，我可以写一封信。可是，病是不要紧的，不过经他的手，可以格外好得快……"

这一天似乎大家都有些不欢，仍然由我恭敬地送他上轿。进来时，看见父亲的脸色很异样，和大家谈论，大意是说自己的病大概没有希望的了；

他因为看了两年，毫无效验，脸又太熟了，未免有些难以为情，所以等到危急时候，便荐一个生手自代，和自己完全脱了干系。但另外有什么法子呢？本城的名医，除他之外，实在也只有一个陈莲河了。明天就请陈莲河。

陈莲河的诊金也是一元四角。但前回的名医的脸是圆而胖的，他却长而胖了：这一点颇不同。还有用药也不同。前回的名医是一个人还可以办的，这一回却是一个人有些办不妥帖了，因为他一张药方上，总兼有一种特别的丸散和一种奇特的药引。

芦根和经霜三年的甘蔗，他就从来没有用过。最平常的是"蟋蟀一对"，旁注小字道："要原配，即本在一窠中者。"似乎昆虫也要贞节，续弦或再醮，连做药资格也丧失了。但这差使在我并不为难，走进百草园，十对也容易得，将它们用线一缚，活活地掷入沸汤中完事。然而还有"平地木十株"呢，这可谁也不知道是什么东西了，问药店，问乡下人，问卖草药的，问老年人，问读书人，问木匠，都只是摇摇头，临末才记起了那远房的叔祖，爱种一点花木的老人，跑去一问，他果然知道，是生在山中树下的一种小树，能结红子如小珊瑚珠的，普通都称为"老弗大"。

"踏破铁鞋无觅处，得来全不费功夫。"药引寻到了，然而还有一种特别的丸药：败鼓皮丸。这"败鼓皮丸"就是用打破的旧鼓皮做成；水肿一名鼓胀，一用打破的鼓皮自然就可以克伏他。清朝的刚毅因为憎恨"洋鬼子"，预备打他们，练了些兵称作"虎神营"，取虎能食羊，神能伏鬼的意思，也就是这道理。可惜这一种神药，全城中只有一家出售的，离我家就有五里，但这却不像平地木那样，必须暗中摸索了，陈莲河先生开方之后，就恳切详细地给我们说明。

"我有一种丹，"有一回陈莲河先生说，"点在舌上，我想一定可以见效。因为舌乃心之灵苗……价钱也并不贵，只要两块钱一盒……"

我父亲沉思了一会，摇摇头。

“我这样用药还会不大见效，”有一回陈莲河先生又说，“我想，可以请人看一看，可有什么冤愆……医能医病，不能医命，对不对？自然，这也许是前世的事……”

我的父亲沉思了一会，摇摇头。

凡国手，都能够起死回生的，我们走过医生的门前，常可以看见这样的匾额。现在是让步一点了，连医生自己也说道：“西医长于外科，中医长于内科。”但是 S 城那时不但没有西医，并且谁也还没有想到天下有所谓西医，因此无论什么，都只能由轩辕岐伯的嫡派门徒包办。轩辕时候是巫医不分的，所以直到现在，他的门徒就还见鬼，而且觉得“舌乃心之灵苗”。这就是中国人的“命”，连名医也无从医治的。

不肯用灵丹点在舌头上，又想不出“冤愆”来，自然，单吃了一百多天的“败鼓皮丸”有什么用呢？依然打不破水肿，父亲终于躺在床上喘气了。还请一回陈莲河先生，这回是特拔，大洋十元。他仍旧泰然地开了一张方，但已停止败鼓皮丸不用，药引也不很神妙了，所以只消半天，药就煎好，灌下去，却从口角上回了出来。

从此我便不再和陈莲河先生周旋，只在街上有时看见他坐在三名轿夫的快轿里飞一般抬过；听说他现在还康健，一面行医，一面还做中医什么学报，正在和只长于外科的西医奋斗哩。

中西的思想确乎有一点不同。听说中国的孝子们，一到将要“罪孽深重祸延父母”的时候，就买几斤人参，煎汤灌下去，希望父母多喘几天气，即使半天也好。我的一位教医学的先生却教给我医生的职务道：可医的应该给他医治，不可医的应该给他死得没有痛苦。——但这先生自然是西医。

父亲的喘气颇长久，连我也听得很吃力，然而谁也不能帮助他。我有时竟至于电光一闪似的想道：“还是快一点喘完了罢……”立刻觉得这思想就不该，就是犯了罪；但同时又觉得这思想实在是正当的，我很爱我的父亲。

便是现在，也还是这样想。

早晨，住在一门里的衍太太进来了。她是一个精通礼节的妇人，说我们不应该空等着。于是给他换衣服；又将纸锭和一种什么《高王经》烧成灰，用纸包了给他捏在拳头里……

"叫呀，你父亲要断气了。快叫呀！"衍太太说。

"父亲！父亲！"我就叫起来。

"大声！他听不见。还不快叫？！"

"父亲！！！父亲！！！"

他已经平静下去的脸，忽然紧张了，将眼微微一睁，仿佛有一些苦痛。

"叫呀！快叫呀！"她催促说。

"父亲！！！"

"什么呢？……不要嚷……不……"他低低地说，又较急地喘着气，好一会，这才复了原状，平静下去了。

"父亲！！！"我还叫他，一直到他咽了气。

我现在还听到那时的自己的这声音，每听到时，就觉得这却是我对于父亲的最大的错处。

父亲的玳瑁 / 鲁彦

可怜的玳瑁，显然比我们还舍不得父亲，比我们还爱父亲

> 它显然比我们还舍不得父亲，舍不得父亲所住过的房子，走过的路以及手所抚摸过的一切。

在墙脚根刷然溜过的那黑猫的影，又触动了我对于父亲的玳瑁的怀念。

净洁的白毛的中间，夹杂些淡黄的云霞似的柔毛，恰如透明的妇人的玳瑁首饰的那种猫儿，是被称为"玳瑁猫"的。我们家里的猫儿正是那一类，父亲就给了它"玳瑁"这个名字。

在近来的这一匹玳瑁之前，我们还曾有过另外的一匹。它有着同样的颜色，得到了同样的名字，同是从我姊姊家里带来，一样地为我们所爱。

但那是我不幸的妹妹的玳瑁，它曾经和她盘桓了十二年的岁月。

而现在的这一匹，是属于父亲的。

它什么时候来到我们家里，我不很清楚，据说大约已有三年光景了。父亲给我的信，从来不曾提过它。在他的理智中，仿佛以为玳瑁毕竟是一匹小小的兽，比不上任何的家事，足以通知我似的。

但当我去年回到家里的时候，我看到了父亲和玳瑁的感情了。

每当厨房的碗筷一搬动，父亲在后房餐桌边坐下的时候，玳瑁便在门外"咪咪"地叫了起来。这叫声是只有两三声，从不多叫的。它仿佛在问父亲，可不可以进来似的。

于是父亲就说了，完全像对什么人说话一样：

"玳瑁，这里来！"

我初到的几天，家里突然增多了四个人，在玳瑁似乎感觉到热闹与生疏的恐惧，常不肯即刻进来。

"来吧，玳瑁！"父亲望着门外，不见它进来，又说了。

但是玳瑁只回答了两声"咪咪"，仍在门外徘徊着。

"小孩一样，看见生疏的人，就怕进来了。"父亲笑着对我们说。

但是过了一会，玳瑁在大家的不注意中，已经跃上了父亲的膝上。

"哪，在这里了。"父亲说。

我们弯过头去看，它伏在父亲的膝上，睁着略带惧怯的眼望着我们，仿佛预备逃遁似的。

父亲立刻理会它的感觉，用手抚摩着它的颈背，说："困吧，玳瑁。"一面他又转过来对我们说："不要多看它，它像姑娘一样的呢。"

我们吃着饭，玳瑁从不跳到桌上来，只是静静地伏在父亲的膝上。有时鱼腥的气息引诱了它，它便偶尔伸出半个头来望了一望，又立刻缩了回去。它的脚不肯触着桌。这是它的规矩，父亲告诉我们说，向来是这样的。

父亲吃完饭，站起来的时候，玳瑁便先走出门外去。它知道父亲要到厨房里去给它预备饭了。那是真的。父亲从来不曾忘记过，他自己一吃完饭，便去添饭给玳瑁的。玳瑁的饭每次都有鱼或鱼汤拌着。父亲自己这几年来对于鱼的滋味据说有点厌，但即使自己不吃，他总是每次上街去，给玳瑁带了一些鱼来，而且给它储存着的。

白天，玳瑁常在储藏东西的楼上，不常到楼下的房子里来。但每当父亲有什么事情将要出去的时候，玳瑁像是在楼上看着的样子，便溜到父亲的身边，绕着父亲的脚转了几下，一直跟父亲到门边。父亲回来的时候，它又像是在什么地方远远望着，静静地倾听着的样子，待父亲一跨进门限，它又在父亲的脚边了。它并不时时刻刻跟着父亲，但父亲的一举一动，父亲的进出，它似乎时刻在那里留心着。

晚上，玳瑁睡在父亲的脚后的被上，陪伴着父亲。

我们回家后，父亲换了一个寝室。他现在睡到弄堂门外一间从来没有人去的房子里了。

玳瑁有两夜没有找到父亲，只在原地方走着，叫着。它第一夜跳到父亲的床上，发现睡着的是我们，便立刻跳了出去。

正是很冷的天气。父亲记念着玳瑁夜里受冷，说它恐怕不会想到他会搬到那样冷落的地方去的。而且晚上弄堂门又关得很早。

但是第三天的夜里，父亲一觉醒来，玳瑁已在床上睡着了，静静地，"咕咕"念着猫经。

半个月后，玳瑁对我也渐渐熟了。它不复躲避我。当它在父亲身边的时候，我伸出手去，轻轻抚摩着它的颈背，它伏着不动。然而它从不自己走近我。我叫它，它仍不来。就是母亲，她是永久和父亲在一起的，它也不肯走近她。父亲呢，只要叫一声"玳瑁"，甚至咳嗽一声，它便不晓得从什么地方溜出来了，而且绕着父亲的脚。

有两次玳瑁到邻居去游走，忘记了吃饭。我们大家叫着"玳瑁玳瑁"，东西寻找着，不见它回来。父亲却猜到它那里去了。他拿着玳瑁的饭碗走出门外，用筷子敲着，只喊了两声"玳瑁"，玳瑁便从很远的邻屋上走来了。

"你的声音像格外不同似的，"母亲对父亲说，"只消叫两声，又不大，它便老远地听见了。"

"是哪，它只听我管的哩。"

对于寂寞地度着残年的老人，玳瑁所给予的是儿子和孙子的安慰，我觉得。

六月四日的早晨，我带着战栗的心重到家里，父亲只躺在床上远远地望了我一下，便疲倦地合上了眼皮。我悲苦地牵着他的手在我的面上抚摩。他的手已经有点生硬，不复像往日柔和地抚摩玳瑁的颈背那么自然。据说在头一天的下午，玳瑁曾经跳上他的身边，悲鸣着，父亲还很自然地抚摩着它，亲密地叫着"玳瑁"。而我呢，已经迟了。

从这一天起，玳瑁便不再走进父亲的以及和父亲相连的我们的房了。我们有好几天没有看见玳瑁的影子。我代替了父亲的工作，给玳瑁在厨房里备好鱼拌的饭，敲着碗，叫着"玳瑁"。玳瑁没有回答，也不出来。母亲说，这几天家里人多，闹得很，它该是躲在楼上怕出来的。于是我把饭碗一直送到楼上。然而玳瑁仍没有影子。过了一天，碗里的饭照样地摆在楼上，只饭粒干瘪了一些。

玳瑁正怀着孕，需要好的滋养。一想到这，大家更其焦虑了。

第五天早晨，母亲才发现给玳瑁在厨房预备着的另一只饭碗里的饭略略少了一些。大约它在没有人的夜里走进了厨房。它应该是非常饥饿了。然而仍像吃不下的样子。

一星期后，家里的戚友渐渐少了。玳瑁仍不大肯露面。无论谁叫它，都不答应，偶然在楼梯上溜过的后影，显得憔悴而且瘦削，连那怀着孕的肚子也好像小了一些似的。

一天一天家里愈加冷静了。满屋里主宰着静默的悲哀。一到晚上，人还没有睡，老鼠便吱吱叫着活动起来，甚至我们房间的楼上也在叫着跑着。玳瑁是最会捕鼠的。当去年我们回家的时候，即使它跟着父亲睡在远一点的地方，我们的房间里从没有听见过老鼠的声音，但现在玳瑁就睡在隔壁的楼上，也不过问了。我们毫不埋怨它。我们知道它所以这样的原因。

可怜的玳瑁。它不能再听到那熟识的亲密的声音，不能再得到那慈爱的抚摩，它是在怎样的悲伤呵！

三星期后，我们全家要离开故乡。大家预先就在商量，怎样把玳瑁带出来。但是离开预定的日子前一星期，玳瑁生了小孩了。我们看见它的肚子松瘪着。

怎样可以把它带出来呢？

然而为了玳瑁，我们还是不能不带它出来。我们家里的门将要全锁上。邻居们不会像我们似地爱它，而且大家全吃着素菜，不会舍得买鱼饲它。单看玳瑁的脾气，连对于母亲也是冷淡淡的，决不会喜欢别的邻居。

我们还是决定带它一道来上海。

它生了几个小孩，什么样子，放在那里，我们虽然极想知道，却不敢去惊动玳瑁。我们预定在饲玳瑁的时候，先捉到它，然后再寻觅它的小孩。因为这几天来，玳瑁在吃饭的时候，已经不大避人，捉到它应该是容易的。

但是两天后，我们十几岁的外甥遏抑不住他的热情了。不知怎样，玳瑁的孩子们所在的地方先被他很容易地发现了。它们原来就在楼梯门口，一只半掩着的糠箱里。玳瑁和它的小孩们就住在这里，是谁也想不到的。外甥很喜欢，叫大家去看。玳瑁已经溜得远远地在惧怯地望着。

我们想，既然玳瑁已经知道我们发觉了它的小孩的住所，不如便先把它的小孩看守起来，因为这样，也可以引诱玳瑁的来到，否则它会把小孩衔到更没有人晓得的地方去的。

于是我们便做了一个更安适的窠，给它的小孩们，携进了以前父亲的寝室，而且就在父亲的床边。

那里是四个小孩，白的，黑的，黄的，玳瑁的，都还没有睁开眼睛。贴着压着，钻做一团，肥圆的。捉到它们的时候，偶然发出微弱的老鼠似的吱吱的鸣声。

"生了几只呀？"母亲问着。

"四只。"

"嗨，四只！怪不得！扛了你父亲的棺材，不要再扛我的呢！"母亲叹息着，不快活地说。

大家听着这话，愣住了。

"把它们丢出去！"外甥叫着说，但他同时却又喜悦地抚摩着玳瑁的小孩们，舍不得走开。

玳瑁现在在楼上寻觅了，它大声地叫着。

"玳瑁，这里来，在这里，"我们学着父亲仿佛对人说话似地叫着玳瑁说。

但是玳瑁像只懂得父亲的话，不能理解我们说什么。它在楼上寻觅着，在弄堂里寻觅着，在厨房里寻觅着，可不走进以前父亲天天夜里带着它睡觉的房子。我们有时故意作弄它的小孩们，使它们发出微弱的鸣声。玳瑁仍像没有听见似的。

过了一会，玳瑁给我们女工捉住了。它似乎饿了，走到厨房去吃饭，却不妨给她一手捉住了颈背的皮。

"快来！快来！捉住了！"她大声叫着。

我扯了早已预备好的绳圈，跑出去。

玳瑁大声地叫着，用力地挣扎着。待至我伸出手去，还没抱住玳瑁，女工的手一松，玳瑁溜走了。

它再不到厨房里去，只在楼上叫着，寻觅着。

几点钟后，我们只得把玳瑁的小孩们送回楼上。它们显然也和玳瑁似地在忍受着饥饿和痛苦。

玳瑁又静默了，不到十分钟，我们已看不见它的小孩们的影子。现在可不必再费气力，谁也不会知道它们的所在。

有一天一夜，玳瑁没有动过厨房里的饭。以后几天，它也只在夜里。待大家睡了以后到厨房里去。

我们还想设法带玳瑁出来，但是母亲说：

"随它去吧，这样有灵性的猫，那里会不晓得我们要离开这里。要出去自然不会躲开的。你们看它，父亲过世以后，再也不忍走进那两间房里，并且几天没有吃饭，明明在非常的伤心。现在怕是还想在这里陪伴你们父亲的灵魂呢。它原是你父亲的。"

我们只好随玳瑁自己了。它显然比我们还舍不得父亲，舍不得父亲所住过的房子，走过的路以及手所抚摸过的一切。父亲的声音，父亲的形象，父亲的气息，应该都还很深刻地萦绕在它的脑中。

可怜的玳瑁，它比我们还爱父亲！

然而玳瑁也太凄惨了。以后还有谁再像父亲似地按时给它好的食物，而且慈爱地抚摸着它，像对人说话似地一声声地叫它呢？

离家的那天早晨，母亲曾给它留下了许多给孩子吃的稀饭在厨房里。门虽然锁着，玳瑁应该仍然晓得走进去。邻居们也曾答应代我们给它饲料。然而又怎能和父亲在的时候相比呢？

现在距我们离家的时候又已一月多了。玳瑁应该很健康着，它的小孩们也该是很活泼可爱了吧？

我希望能再见到和父亲的灵魂永久同在着的玳瑁。

永久的憧憬和追求 / 萧红

人生，除了冰冷和憎恶，还有温暖和爱

> 从祖父那里，知道了人生除掉了冰冷和
> 憎恶而外，还有温暖和爱。

1911 年，在一个小县城里边，我生在一个小地主的家里。那县城差不多就是中国的最东最北部——黑龙江省——所以一年之中，倒有四个月飘着白雪。

父亲常常为着贪婪而失掉了人性。他对待仆人，对待自己的儿女，以及对待我的祖父都是同样的吝啬而疏远，甚至于无情。有一次，为着房屋租金的事情，父亲把房客的全套的马车赶了过来。房客的家属们哭着，诉说着，向着我的祖父跪了下来，于是祖父把两匹棕色的马从车上解下来还了回去。

为着这两匹马，父亲向祖父起着终夜的争吵。"两匹马，咱们是不算什么的，穷人，这两匹马就是命根。"祖父这样说着，而父亲还是争吵。

九岁时，母亲死去。父亲也就更变了样，偶然打碎了一只杯子，他就要骂到使人发抖的程度。后来就连父亲的眼睛也转了弯，每从他的身边经过，我就像自己的身上生了针刺一样：他斜视着你，他那高傲的眼光从鼻梁经过嘴角而后往下流着。

所以每每在大雪中的黄昏里，围着暖炉，围着祖父，听着祖父读着诗篇，看着祖父读着诗篇时微红的嘴唇。

父亲打了我的时候，我就在祖父的房里，一直面向着窗子，从黄昏到深夜——窗外的白雪，好像白棉一样的飘着；而暖炉上水壶的盖子，则像伴奏的乐器似的振动着。

祖父时时把多纹的两手放在我的肩上，而后又放在我的头上，我的耳边便响着这样的声音：

"快快长吧！长大就好了。"

二十岁那年，我就逃出了父亲的家庭。直到现在还是过着流浪的生活。

"长大"是"长大"了，而没有"好"。

可是，从祖父那里，知道了人生除掉了冰冷和憎恶而外，还有温暖和爱。

所以，我就向这"温暖"和"爱"的方面，怀着永久的憧憬和追求。

父爱是一缕会说话的风 / 石兵

虽然他是我的养父，却给了我最温暖的爱

> 此刻，他那可以准确辨别每一个微小音
> 阶的耳朵，却无法听清这熟悉的风的话语，
> 那是源自灵魂深处的梵音流觞啊。

来到这个世界的第一天，他圆睁着大大的眼睛，第一次听了风的话语。那是个秋天的夜晚，他与一缕凉风共同被遗弃在公园的长椅上，夜深人静，他的哭泣渐渐变得悄无声息，只有一缕不绝的凉风擦过他的脸颊，将咸咸的泪水风干，也将他初涉人世的懵懂皴擦得斑驳不堪。

他被一对不知名的夫妻遗弃了，尽管这两人在血缘上曾与他骨肉相连，但看到他虽然圆睁却空洞无比的瞳孔时，两人还是选择把他放在了这个微凉的午夜，他根本没有选择的余地。

其实，他还是能感应到一丝光亮的，第二天清晨，正是微熹的晨光让精疲力竭的他再次发出了微弱的哭声，这游丝一般的声音借助风力四处发散，最终，引来了一双散发着温暖的有力大手，这双手轻轻抱起他小小的身躯，随即，一阵急促的热风吹到了他的脸上，他下意识地闭上眼睛，张

大嘴巴，肆意呼吸着这蓬勃的温暖，很快，近乎冰冻的身体再次恢复了柔软。多年之后，养父告诉他，那时的他就像个被冻僵的小松鼠，两手一拢便能捧在手心，只消呵上几口气，便能温暖全身。

他患有先天性失明，只能感应到微弱的光，而且，他是早产儿，身子骨弱得像个泥人。养父把他送到医院，医生说这孩子九成九养不活，反正是个弃婴，送到民政局去吧。听了医生的话，养父什么话也没说，转身就走，把目瞪口呆的医生远远晾在了身后。

养父是个单身汉，靠在这个城市的建筑工地上打工为生，那时正是城市建设如火如荼的时候，所以养父并不缺活干。此后，养父在打工时便带着小小的他，养父做了一个简易的袋子，绑在自己身前，将他放在袋子里，这样养父一低头就能看到他，而他一呼吸就能嗅到那股略带咸涩却又暖烘烘的风，那是养父的呼吸。

每天夜里，养父会带他回到租住的地下室，给他冲泡省吃俭用买来的奶粉。起初，父亲把他放在床上喂奶水，他却执拗地把这金贵的奶水全部吐了出来，养父心疼，便把嘴凑过去舔他吐出的奶水，不料，养父的脸一贴近，他便立刻安静了下来。后来，养父便把他放入自己胸前的袋子，再拿勺子一点点喂他，或许是感应到了那股熟悉的温暖的呼吸声，他安静地喝下了所有奶水。

他的身子骨渐渐硬朗起来，四岁时已长到了近四十斤，但他还是喜欢赖在养父胸前的袋子里。养父对他说，有种叫袋鼠的动物，就是这样养活孩子。他兴奋地抚摸着养父胡子拉碴的脸庞，用稚嫩的声音大声说，原来，爸爸是个袋鼠啊。听了他的话，养父开心地哈哈大笑起来。

他就这样依偎在养父怀里度过了自己的童年，每天，他都会在养父熟悉的呼吸声中入睡，他喜欢把脸凑到养父脸上，这样他就能听到那阵会说话的暖风，是的，养父沉重的呼吸多么像一阵暖风啊，它用温暖的话语消融了那个秋夜里裹挟着他的凉风，给予了他生存下去的机会，并让他感受到了这个尘世的温暖。

在养父怀中的生活一直到他长到七岁，在巨大的体力劳动压迫下，养父再也无法像他小时候一样轻松地将他放在怀中了。那一年夏天，养父带他去了一所学校，那是一个路上洒满鹅卵石的地方，虽然地面不平，但细密的鹅卵石却让他的脚有了敏锐的感觉，他第一次有了放开养父牵着自己的大手的冲动，后来，在小心翼翼地走过几步后，他不知不觉间便放开了养父的手，接下来的路，从小心翼翼到坚定自信，他付出了摔过上百跤的代价，虽然全身上下无处不疼，但他却咬着牙没有掉一滴泪。他不知道，在离他不远的地方，自己的养父紧紧咬着粗糙的手指，已经哭成了一个泪人。

在这所盲童学校，他渐渐长大了，或许是因为失明的缘故，他的听力异常敏锐，可以辨别非常纷杂或是细小的声音，特别是对于音乐有着超乎寻常的洞察力。他喜欢听贝多芬的《命运交响曲》，每一次听都会泪流满面，在他十七岁时，老师告诉他，贝多芬在创作这首乐曲时已经双耳失聪，那一刻，他的灵魂被深深触动了，就是在那一刻，他定下了自己一生的理想，成为一名钢琴调音师。

他把自己的理想告诉了养父，并对养父说，他会用作调音师的收入来为养父养老。听了他的话，养父沉默了许久，突然哇的一声哭了出来，养父一把抱过他，那股熟悉的暖风再次在他耳边脸际呼啸起来，他感应着父亲环抱自己的双手，突然心疼地发现，父亲的手已经不再那么有力了，他下意识地用力，紧了紧环抱父亲脊背的双手，却惊恐地发现，父亲的脊背有着明显的弧度，而且就像一座破败的拱桥般坑洼不平，刹那间，他明白了，正是由于长年把他抱在胸前而不是背在身后，父亲的腰才会深深地弯了下去。

接下来，为了父亲，也为了实现自己的理想，他开始了近乎残酷的学习，钢琴的二百多根琴弦，八千多个零件，他都要一一仔细触摸，摸清它们的调整和排列规律，对每一个音键的音准他都要听不下千遍，绝不允许出现任何差错。一年后，他成功通过考试，成为了市里最年轻的钢琴调音师。

他有了工作，并渐渐有了名气，生活渐渐好了起来，他让养父不要再四处打工了，他能养活这个家了，但出乎他意料的是，养父拒绝了他。

他问起原因，养父告诉他，如果自己不是四处打工，根本就不会捡到他，这些年来，虽然日子过得又苦又累，但从来没有后悔过，可是有一件事，他始终觉得愧疚。

养父告诉他，他六岁时，有一对夫妻找到养父，他们说他是自己的儿子，当年因为一念之差遗弃了他，却发现从此无法再生育了，现在，他们想要回他。那个女人说，她已经打听到一个医院可以做一种角膜移植手术，虽然成功率只有三成，但还是应当一试的，因为，这是孩子一生能否重见光明的最后机会了，年纪再大一些也许手术就来不及了。

起初，这两人一说明来意，养父就想把孩子还给他们，毕竟让孩子跟着自己太苦了，但听到后来女人说要给他做手术，而且成功率只有三成时，养父突然有了一股莫名的怒火，他不由分说地将两人赶出了门外，他知道，他们始终还是对孩子的眼睛心存芥蒂，如果手术不成功，孩子的命运如何他实在不敢推想。

说到这里，养父叹了口气，对他说，也许自己错了，如果当时把他还给亲生父母，也许他的眼睛就会好了，而且会少吃很多苦。说着说着，养父的腰背深深地弯了下去，他模模糊糊地感觉到，曾经在自己面前屹立如山的养父竟然如一把稻草般无力地垮塌了下来。

他呆呆地站立着，养父说的这件事让他震惊不已，他竟然听到了自己亲生父母的消息，这是他无数次想要探知的身世秘密啊。

父子俩茫然站立着，时间仿佛陷入了停顿，突然，他听到养父喃喃地说，乖儿不哭，爹爹这样干活是累点，但是，如果把你背在身后，就看不到你了，爹爹怕看不到你啊。

养父的话如同一道惊雷，惊醒了木然呆立的他。他刹那间热泪盈眶，再也无法忍耐，一把扑入了养父怀中，泪如泉涌。他伤心地发现，这曾经无比宽阔的胸膛竟已是如此干瘦，他把脸俯在了父亲脸上，随着父亲的喃喃自语，那股熟悉的风再次在他耳边响起了。

此刻，他那可以准确辨别每一个微小音阶的耳朵，却无法听清这熟悉的风的话语，那是源自灵魂深处的梵音流觞啊，是只有心灵才能感知的隐秘偈语。就在这一刻，他无比笃定地告诉自己，这位平凡如尘的养父，纵然已瘦小如斯弱不禁风，却已是自己生命存在的全部意义。

他思虑良久，还是没有把心底的那句话告诉养父，那些所谓的骨血双亲，还是让他们随时光消逝吧，如果没有养父那浊热的呼吸风声，也许自己早已缺失了在这个世上继续生存的勇气和机会。

他慢慢扶起养父，将养父的身体揽入了自己已经长大成人的胸膛，此刻，他的胸膛宽广而温暖，而养父，这个与他命运相同的不幸弃婴也终于找到了一个可以安心依靠的地方。

父亲老了 / 张儒学

要回报父亲，那就趁今天，因为明天，或许就晚了

　　　　　　　　　一直以来，我们都只顾索取父亲的关爱，
　　　　　　　却从来不曾想到父亲会老去。

1

　　父亲住在乡下的老屋里，老屋离公路不算远，从家里几分钟就能去到公路上，这老屋与世隔绝了一样，显得十分的宁静。只有屋前的竹子树木，在微风摇晃而发出一些轻微的响声，让老屋有了一些生气。虽然父亲的耳有些背了，这些细微的声音还是让他听得真切，就像在听一些熟悉的乡间俚语，让他时而发呆，时而发笑。

　　父亲年龄大了，不再种地，他还是时不时去到田地边走走，看看庄稼的长势，听听田里秧苗的拔节声。有时，看见地里有杂草，他走去拔掉，有时看见一株菜苗被风吹倒，他也走去将其扶正，像在他自己的庄稼地里一样。也难怪，种了大半辈子庄稼，一时闲下来不习惯，他却用另一种方式，

去亲近土地和庄稼。

在老屋里，父亲与他喂养的一条大黄狗和一只小花猫特别亲近。不管父亲走到哪儿，大黄狗就跟到哪儿，总是摇着尾巴逗父亲开心。父亲坐在屋里休息时，大黄狗就懂事地守在屋外，生怕有陌生人走进来，惊吓到父亲。而小花猫则像一个顽皮的小孩，在屋里跳来跳去，时而爬到父亲身上，惹得父亲又好气又好笑。父亲吃饭时，小花猫又跳到桌上，父亲赶忙喂给它吃，这下让大黄狗生气了，它跑来将小花猫赶走，这两个小家伙的存在，让父亲不再孤独。

更多的时候，父亲坐在堂屋里的椅子上静静地坐着，晴天看着外面暖暖的阳光，雨天听着滴嗒的雨声。仿佛这样静静坐着，成了他特有一种生活方式。也许他在心里算着，多久又是"五一节"或"国庆节"，在城里工作和在外打工的儿女们，是不是又要回家了；或者他在等待着儿女们的电话，虽然他知道电话里除了问个好，可能没有别的内容，但他还是盼望着，哪怕每次都只是重复那句："爸，你在家好吗?"可他觉得这句话天天都有新意。

2

父亲一共有三男一女四个孩子，弟弟是我上了初中后才有的，在小弟弟出生后，父亲对我们几兄妹都似乎同样的疼爱。小时候，我们如果不听话或是耍小性子，父亲就会一把抱起我们放在门外，然后把门关上，就是妈妈说情也不行，只有等不闹了，才能进屋吃饭。但对于正当合理的要求，他从来都是理解和支持的，如果我们在外面受了什么委屈，父亲总是尽力安慰我们……我们感受到父亲的爱，像涓涓细流，静静地流淌在我们童年幼小的心灵里，恰似早春的阳光，温暖而不炙热。

在我记忆中，父亲一生节俭，总在为一家人的生计奔波忙碌。他在自己身上从不乱花钱，对吃穿从不挑拣，不管母亲弄什么饭，有菜无菜他都从不说什么，只是一声不吭地吃，吃完后稍坐一会又去到地里干活。在我们长大后，有了心事常常会和母亲讲，父亲一般都静静地坐在不远处，有时候还闭着眼睛，像什么都不知道，更像什么都明白一样。但他从不说什么，好像认为那都是小事，一会就过去了。他心里只有庄稼，只有农事，只有他那些忙不完的活儿。

有时，父亲也去外面打工，每次回来都会带点小玩意给我吃，有香香的瓜子，甜甜的糖果，松软的面包，反正都是我没吃过的。那时的我每天都会盼着父亲回来，一到傍晚我就会坐在门槛上等，当看到父亲那披着夕阳健壮的身影，略带沧桑的面庞时，我会冲上去抱着他的腿问东问西的，然后父亲会抱起我摸摸我的头，用他那硬的像刷子样的胡茬亲我的小脸。有时父亲一回来就又要走，我便问他："爸爸为什么要出去打工啊，在家陪陪我们多好。"爸爸不说话只是在那抽烟。满脸的沧桑也锁不住那幸福的微笑。

父亲总是默默地做着事，像一头勤耕的老牛。尽管每天起早贪黑，忙着农活，从没看他抱怨过生活的艰辛。父亲心里好像没有恨，他不会计较别人的过失，我也没有看见他和别人红过脸，有时农村里也有争田边地角的事，我家的田边也有被相邻的人侵占的现象，母亲又着急又生气，叫父亲去和他们理论，父亲总是不在意，总说少一点又有啥关系，有些东西是争不来的。我以为父亲是软弱，老实，怕惹事，经历了一些事后，我明白了父亲的心胸和处事态度。虽然损失了一点小利益，父亲却赢得了很多人的尊重，捍卫了宽容待人的准则。

3

父亲虽然是个农民，但他衣冠整齐，谈吐风雅，从他年轻时照片看，也是个特别英俊帅气的小伙子。作为当年有初中文化的他，既识文断字，又能说会道，还知书达理。

父亲虽然是个农民，但似乎他与其他农民有所不同。他爱好广泛，能吹会唱，特别喜欢拉二胡，年轻时也爱参加各种体育活动，镇上过年过节举行乒乓球和篮球比赛他也积极参与，象棋下得也还不错。除了不干家务活外，爱好特别多。我常常会想起年少时月朗星稀的秋收夜，一家人坐在院坝玉米堆旁，父亲拉着二胡，我们几个兄弟姐妹唱歌的情景，欢快的歌声在小山村的天空回荡，频频引来路人的回望和艳羡，这样的夜晚如今每每回想都让人陶醉。对于这样活跃的父亲，更让我们几兄妹感到无比的自豪。

我在县城工作后，父亲也时常来县城看我，可他总是上午来下午就回去，谁都劝不住。每次他都给我背一些他地里种的青菜、土豆、红苕等，可他走时却啥也不要。每次我送他去汽车站时，等车的时候，我问父亲身上是否有零钱，还叮嘱他车到镇上后，一定要坐中巴车到村口，可他每次在镇上下车后为了节约钱，都是走十多里路回家。如今，他很少来县城了，他说行走没以前方便，我便经常抽空回去看他。

每次我回乡下老家，父亲似乎早知道我要回来似的，把屋里扫得干干净净，被子也重新换上，像迎接客人一样。在我一到家后，父亲就去灶屋里给我弄吃的，哪怕我还没饿，他也要弄一些，不是鸡蛋就是面，我只能硬撑着吃，父亲坐在桌边笑呵呵地看着我吃。我知道，父亲在弄吃之前，用水把灶头和碗筷洗了又洗，生怕有灰尘没洗干净，让在城里生活惯了的我吃不下，其实洗刷的时间比弄饭的时间长，我却不知怎么说他，因为我知道父亲是最爱干净的人。仿佛我只有大口大口地吃，才能让父亲高兴，才是对父亲最好的回报。

父亲老了，人瘦了，头发也白了，在秋日那暖暖的阳光下，闪着丝丝光亮。也许是人老了的缘故吧，如今父亲的话也多了，我们有个伤风感冒，他都细致的询问，端水拿药，还会唠叨生活上的琐碎小事，反反复复讲他对如今老年生活的满意。有时候我们给他买衣服，嘴上说："不要，不要。"但给他买来后却是特别的高兴，像个孩子似的，也许，这就是人们所说的"返老还童"吧。父亲嘴里时时念叨，说有我们几兄妹，他吃穿也不愁了，平时有点零花钱，这样的日子他感到非常的幸福……

4

一直以来，我们都只顾索取父亲的关爱，却从来不曾想到父亲会老去。有时，工作一不顺心，就回家找父亲诉说；生活不如意，也回家找父亲抱怨；就连小两口吵架拌嘴的小事，也会回家肆无忌惮的折腾父亲一番……习惯了索取这样的一种爱，习惯了在一份醇厚的爱里静静被滋养，却忽视了时光早已将父亲的健壮身躯压弯，岁月将一抹苍老刻于父亲的额间。

有一天，我回到老家，看见父亲在院子走动，父亲是闲不住的，不出门的时候，家里的所有摆设，都是他的亲手经营，一定要件件到位，整整齐齐，院坝边的一些花草，被父亲料理的精干利索，没有旁逸斜出，也没有腐枝烂叶，花季开的灿烂，秋冬藏得温暖。仿佛我突然听到父亲走动的脚步，沙沙的，像在地上摩擦着什么，我心里顿时有一股酸楚，哀伤起来。父亲的腰背弯曲了，连那口本来洁白坚硬的牙齿也脱落了，就这样看着，父亲一天天老去，我心里不觉一阵酸楚，却又无能为力。

吃了晚饭之后，父亲坐下来和我不停地说话，他的话好像特别多，像一个小孩子一样对什么都好奇，哪怕是村里司空见惯的一点小事，他也会说得到十分生动。言语间充满了慈爱，是父辈对子女的那种醇厚的爱……我以前跟父亲的交流不多，像天下大多数父亲一样，他对女儿的爱是沉默安静的。有很多细微的日常小事，如果不是刻意回忆，都很难让人留意。然而，当我一一回顾那些细节的时候，发现那些小事串联成了隽永流长的爱。

第二天，我回县城时，父亲总是送我到公路边，他瘦长的身子弯曲着，走路颤颤巍巍的。我上车后，他仍站在那儿望着车里远去的我，我也望着父亲渐渐远去的身影，我鼻子一酸，眼泪就掉下来了。我这一走，留给他的又是孤独、盼望，还有等待……

朋友，你是否注意过父亲变老的模样？

千万不要以为父亲会一直年轻，如果你要回报，那就趁今天，因为明天，或许就晚了……

父亲背我小，我背父亲老 / 朱旭

小时候，父亲的背是我的靠山；父亲老了，我的背是他的港湾

> 小时候，父亲的背是我的一座靠山，为
> 我遮风挡雨；父亲老了，我的背成了父亲的
> 一片港湾，让他停泊休整。

小时候，我经常趴在父亲的背上，现在回想起来，还历历在目，感到非常温馨。

不会走路之前，我常常黏在父亲的背上。学会了走路之后，当走累了或不想走了，我往往会用稚嫩的声音向父亲喊道："背，背背。"听到后，父亲二话不说，就背起了我。在床上，我喜欢在父亲的背上"骑大马"。只见父亲弯下腰，手脚着地，我顺势爬上去，两腿叉起，一边用小手拍打着父亲的背，一边得意洋洋地喊着："驾，驾……"父亲在床上来来回回爬起来，我在他身上感到惬意极了！

记得有一次，父亲扛着镢头到山坡上的一块田里去刨谷茬，我尾随其后。

到了田里，父亲热火朝天地干起来。我在田里跑来跑去，玩得不亦

乐乎。不好，我踩上了一根谷茬。谷茬就像一把尖利的锥子，穿过鞋底，扎入脚心，鲜血顿时汩汩而流，染红了鞋子，我哇哇大哭起来。看到这种情形，父亲连忙脱下上衣，把它撕成条条，跑过来，脱掉我的鞋子，把布条里三层外三层的缠住伤口，不过血还是渗了出来。包扎完后，父亲背起我就往村里的卫生室跑去。

我趴在父亲宽厚的肩膀上，伤痛减轻了不少。山路蜿蜒崎岖，父亲深一脚浅一脚地跑着，不一会儿就变得气喘吁吁。我们来到了卫生室，可铁将军把门。这时我发觉，豆大的汗珠从父亲的脸上簌簌地往下落，流到父亲赤裸的上身，在肚皮上汇成溪流，又流到裤子上，把裤子都打湿了。

父亲背着我，马上转过身，向邻村的卫生室跑去。我注意到父亲的脚步放慢了许多，看来父亲的确是累坏了。跑到邻村卫生室，父亲有气无力地对医生说："快，快，孩子的脚心被谷茬扎了，淌了很多血。"医生处理完伤口，父亲又背起我回到了家。

母亲去世早，我们兄妹几个都结婚了，父亲自己单过。随着年龄的增长，父亲的身体大不如以前，总让我放心不下。每过一段日子，我便抽出时间，从城里赶往乡下，看望年迈的老父亲。

有一回，听父亲讲，十几天来，每天早晨五点钟左右，就会肚子疼，跑到厕所蹲蹲就好了。我说去医院查查去，他却说一点小毛病，没事。我说有病不能拖延，必须得看，于是我带他去了医院。通过检查，父亲得了肠肌瘤，大夫建议立即切除。大夫讲完利害关系后，我毫不犹豫地在协议上签上字。手术进行得非常顺利，父亲从手术室转到病房。父亲住院十多天，我全程陪护。

父亲已年过古稀。前些日子，父亲打来电话说，他摔了一跤，疼得不敢走路。我立马找来一辆车，火速回家。我搀扶着父亲上了车，直奔医院。

在医院的停车场，司机停好车。父亲的腿又疼又麻，不敢挪步，于是我背起父亲，走进一楼。我把父亲小心翼翼地放下，让他坐在椅子上。排队、交钱、挂号，我忙得不可开交。骨科门诊在五楼，父亲不敢坐电梯，于是我又背起他。爬到二楼，我便有些气喘吁吁了。爬着爬着，我感到身上的父亲越来越重，让我大汗淋漓。爬到中途，我感到力不从心，两腿像灌满了铅一样。我咬紧牙关，忍受着，忍受着，终于挪到五楼。这时，我的衣服都被汗水浸透了。

到了骨科门诊，大夫开了单子，让我到一楼交钱，三楼做 CT。我背着父亲到了三楼，放下他，再到一楼交上钱。做完 CT，过了一段时间，片子出来了，我又背起父亲到了五楼。大夫看着片子说，骨头没事，在家安心静养就是了。

我把父亲从五楼背到停车场，抱到车上。经过一次次地折腾，我感到又酸又疼，浑身就像散了架似的。

车子开到我家楼下，我又把父亲背到家里。经过我和妻子的精心照料，父亲一天天地好转起来。一个多月后，父亲完全康复，回到了自己的家。

小时候，父亲的背是我的一座靠山，为我遮风挡雨；父亲老了，我的背成了父亲的一片港湾，让他停泊休整。父亲，您就放心吧，您背我小，我就背您老，一直走到世界的尽头。

父亲的口袋 / 仲利民

父亲对子女的感情都是深沉的，他们只懂得默默地付出

> 从小到大，我们已经从父亲的口袋里掏
> 得太多了，在以后的日子里，我们应该学着
> 慢慢地放一些东西在他们的口袋里。

父亲年轻的时候在外地工作，通常是每个周末回家一次。所以我和弟弟们每到周末都眼巴巴地盼着父亲归来的身影，因为从远方回家的父亲总会从他身上的口袋里掏出我们喜爱的水果糖，还有诱人的小人书。水果糖不多，每人可以分两块，当我们一边把糖剥开含在嘴里时，父亲就会从另一个口袋里掏出两本可爱的小人书来。水果糖是父亲为我们买的，而小人书则是父亲从学校的图书室里借的，我们在星期日看完后，就会让父亲再带回去。

在我们小时候，盼着父亲回家，是想念一周未见的父亲，但更多的是想品尝父亲为我们买的水果糖，还有那两本诱人的小人书。那时，总会在心里想，父亲的口袋真是神奇，总会从里面掏出我们向往的东西来，就像阿里巴巴的咒语一样迷人。我那时候对小人书的喜爱可能比吃两块

水果糖的瘾更大一些，所以当父亲从口袋里掏出小人书时，都是让我先睹为快，而后再让弟弟慢慢欣赏。

及至后来，我来到父亲身边读书，才看到学校的图书馆里躺着更多更丰富的书，那些书籍是我从未见过的，它把我带到一片神奇的领域。晚上，和父亲同床而眠，就会把看到的书讲给父亲听，想不到的是，我读了一本又一本书，却都是父亲早已读过的，每当我谈起书中的内容，父亲总能够和我探讨起书中的人物的命运与故事情节。很多时候，父亲还会纠正我对书中人物的片面认识，虽然当时我不太服气，可是当把书从头读到尾，就会从内心佩服父亲的见解。那几年，我从父亲的口袋里掏出的已不仅仅是儿时那甜甜的水果糖、精彩的小人书了，父亲给了我更多的智慧与见解，锻炼了我坚强的性格，也培养了我独立自主的意识。父亲知道我会在不久的将来离开他的怀抱，独自在蓝天白云之下翱翔的。现在仔细想来，我真的非常感谢我的父亲，我从他的口袋里掏出的是我一生都享用不尽的财富。

我考上大学那年，父亲送我去车站，列车临行时，父亲从身上脱下那件伴随了他多年的大衣披在我身上，我不肯接。父亲望着我，低沉地对我说："孩子，出门在外，父亲不在你身边，不能再照顾你了。这件大衣是我在部队时的行李，白天可以披在身上御寒，晚上也可以当作被褥盖。爸爸没有什么好东西送你，这件大衣你就接下吧，你披在身上会常常想起爸爸来的。"那一刻，我心里充满了感激，我深深地体会到一个父亲深沉的爱与关怀。父亲把他口袋里非常珍贵的礼物送给了步入社会初涉风雨的儿子，这件大衣曾伴随父亲在战场上经历过炮火纷飞的日子，我知道它与父亲有着非同一般的感情。这件大衣后来伴随着我度过了四年大学光阴，在我走上工作岗位后才小心翼翼地叠好收藏起来。虽然我后来买了一件新的大衣送给父亲，但是我总感觉无法抵上父亲那件旧大衣珍贵。

去年，已经退休的父亲，听说我在城里要买新房，和母亲两人特意从老家赶来，从口袋里掏出 1 万元钱要送给我，望着父母已经斑白的两鬓，我再也止不住地流下了热泪。这一次，我拒绝了父亲的好意，我对父母说："我自己承受得起购买房子的压力，虽然我从银行里贷了一笔款，但是我的收入比你们高多了，我的生活也比你们好多了。我再也不忍心从你们口袋里掏任何一样东西了！"父母在乡下，他们过着简单、俭朴的生活，从退休金里省下点钱来，我如何忍心接受呢？

从小到大，我们已经从父亲的口袋里掏得太多了，在以后的日子里，我们应该学着慢慢地放一些东西在他们的口袋里。把我们晚辈的关心、疼爱与回报点点滴滴地放进他们的口袋里，让他们在这黄昏时光细细地品尝人生的真情、亲情与关爱。

父亲"喜事"多 / 何龙飞

有一颗心，叫父子连心；有一种孝顺，叫替父高兴

> 每每获悉父亲的"喜事"后，总会表达深情的祝福，让他感受到儿子永远在他身边，是他不菲的"财富"。

那天，父亲来电告诉我，他把原来那辆三轮车卖给了社里的刘四，售价仅为1000元，又请"行家"当"顾问"，一起到城里买了一辆新三轮车，花了5800元。比起先前那辆三轮车，便宜了200元。

这，对于父亲来说，的确是桩"喜事"。是啊，卖旧买新，是不得已的事。父亲说，那辆旧三轮车主机坏了，不能用油发电了，只能用电能了，挺不方便。说动就动，父亲与母亲简单商议后，形成了一致决定——买新三轮车，达到了预期的效果和目的，能不令父亲感到欣喜吗！

还有，旧三轮车还差两个月就有六年历史了，除运输稻谷、苞谷、红薯等粮食、杂物方便快捷外，搭载父母去赶场、走人户也挺方便。何况，这年头，很少有人走路去赶场、走人户了，习惯了有车驾乘的美好生活，

谁还愿意去费力走路呢！父母是尝到了三轮车带来的甜头的，哪还离得开三轮车哟，自然希望卖旧买新。难怪乎，在买新三轮车的当天，母亲反复叮嘱父亲：一定得买辆新的回来哈！

父亲满口答应，不负母亲的厚望，又过上了拥有三轮车的幸福生活，能不是"喜事"一桩吗！

事实证明，父亲不单把他的这一桩"喜事"告知了我，还告知了远在永川监狱工作的弟弟，其惬意的情愫溢于言表。

我们还能说什么好呢，唯有真诚地祝贺、虔诚地祝福才是对父亲最好的回应。

第三天，父亲又来电了：他正在鱼塘边钓鱼，已钓起一尾一斤重的鲫鱼，是他运气好、钓技好的结果。为了及时把鲫鱼弄起来，他激动之余，叫母亲拿来笤箅把鲫鱼网起来了。把大鲫鱼放进桶里后，父亲高兴得手舞足蹈，像个天真、快乐的"老顽童"。

他说，这又是一桩"喜事"，够他和母亲感到欣慰的了。而且，有此"喜事"激励，他会坚持去钓鱼，力争钓更大的鱼，更多的鱼，以培养爱好，愉悦身心，让"夕阳红"更加绚烂，更为幸福。

第五天，父亲的"喜事"接踵而至，什么土里的蔬菜长得茂盛，什么苞谷秧越发葱绿，什么红薯秧长势喜人，什么地坝边的大树上有两只喜鹊在叫，什么家里的鸡、猫等动物挺"争气"，什么春茶能卖个好价钱，什么电视节目越来越精彩好看，等等。在他的眼里，不论大喜事，还是小喜事，都值得他和母亲感到荣光和自豪，第一时间广而告之，特别是及时把喜讯传递给我们，以便我们分享二老的快乐，多温馨，多幸福！

我们理解父亲的心情，每每获悉父亲的"喜事"后，总会表达深情的祝福，让他感受到儿子永远在他身边，是他不菲的"财富"，是他温暖的"棉袄"。

听，父亲爽朗的笑声响起，心里一定乐开了花。

看，父亲的"喜事"越来越多，他和母亲都感到了幸福。

于是，我们的心里越来越踏实，由衷地向父亲竖起了大拇指。

在仇恨里开一朵宽容的花 / 王国军

你每一次的善举，都是在为自己开一朵绚丽的花

> 在自己的心里种一颗善良的种子，用爱孕育，让爱开花。

父亲说，这个世界上，只有宽容，才是一个人终生快乐的行囊。这是父亲和他说的最后一句话。但他没听父亲的话，他小小的世界里满是仇恨。7岁，他会抡起砖头把邻居家的窗户砸个粉碎，然后在夜色掩护下跑得无影无踪。8岁，他会偷偷在女同学的桌子下钉一颗钉子，然后听着裙子被划破的声音而得意大笑。

13岁，他读初中，没过半个学期，他因惹是生非多次被校长点名批评。只是对这个无依无靠的孩子，谁也无可奈何。15岁，因为他的多次恶作剧，已经气跑了两个班主任，第三个班主任是个年纪轻轻的小女孩，刚毕业，长着一张稚气的娃娃脸。

第一天走进教室，他在讲桌和黑板上涂满红颜料，他以为这样就能把她吓跑。出乎意料的是，她视若无睹，继续讲着课。那天，她讲的是她小

时候的故事，学生们都听得非常投入，唯有他例外。他把眼睛眯得细细的，脑海中闪过千百种对付她的念头。接下来的一周内，不管他如何闹，如何使小动作，老师总是不急不躁，路上遇见，隔老远就跟他打招呼，这使他有些受宠若惊。

他很快注意到，几乎每个周五的下午，老师都会去一趟老城区。他感到很好奇，有一天，他悄悄地跟在后面。

班主任转过几个街道，在一个偏僻的街道停住了。意外就是在这个时候出现的，一辆摩托车呼啸着冲了过来，坐在后面的一个小伙子顺手就抢走了她手上的包，车呼啸而去。他先是怔住，然后撒腿追去，边跑还边喊。

也许抢匪太过紧张，转弯时，摩托车翻倒在地。他低声骂了句活该，然后从在地上抽搐的歹徒手里抢回提包，正要往回走，却见跟过来的班主任低身弯下腰。不会想以德报怨吧？他想，这只是在电视里看过的情节。"快帮我抬一下。"老师发话了。他愣了一下，走上去帮忙。

从医院回来，老师说："谢谢你的帮忙，要不然我还真抬不动两个大男人。其实，你的心并不坏，只是被仇恨迷住了眼睛。"

他再次愣住，忽然想起父亲临终前所说的话。老师瞟了他一眼，继续说："在接手这个班之前，我也知道一些你的故事。你们家以前很富裕，只是因为你父亲善良，收留了个无家可归的小偷，结果他把你家值钱的东西一卷而空，你父亲在郁郁中死去，母亲也改嫁，从这个时候起，你就憎恨这个社会，你觉得自己家变成这样，都是这个社会害的，你觉得自己存在的价值，只是报复，也只有在无休止的报复中，你才能找到快乐。"顿了顿，她又说："其实，我的家庭也和你一样，有过类似的遭遇，但我从没怨天尤人过，我一直以宽容的态度来对待生活。每个周五，我都会去老城区，那里有几个孤儿等待我的帮助。孩子，不要再仇恨下去了，学会用一颗善良的心来面对你周围的人吧，就像你今天做的这样。"

他是低着头回家的，泪水早已湿透了他的脸庞。从那以后，他仿佛换了个人。不再搞破坏，不再恶作剧，每天都认认真真看书，一有不懂的，就往老师办公室里跑。三年后，他考上了长沙的一所重点大学，四年后，他去了广东工作，凭借着优异的表现，他现在已经是一家企业的副总经理，他就是我的哥哥。每年他都会去看一次他的老师，每次他都会动情地说："老师，我之所以有今天，多亏了你当年的循循善诱。我真诚地谢谢你。"

是的，正如他父亲当初所说的那样：这个世界上，每一次善举，都是在为自己开一朵绚丽的花，或许你曾被别人欺骗过，或许你曾憎恨过，但你无法一下子改变这个社会，你唯一能做的就是在自己的心里种一颗善良的种子，用爱孕育，让爱开花。这些绚丽的花，会温暖你和你的周围，一朵一朵连起来，世界就能阳光明媚、花团锦簇。

做一粒努力生长的稻穗 / 徐光惠

有了父亲的鼓励，儿女的头顶永远是一片蓝天

> 顿时，我的心如释重负，豁然开朗，我明白了父亲的良苦用心，我含着泪望着父亲，笑了。

那个夏天，是我一生中最为煎熬的一段日子。

天气炽热难耐，太阳像一个红色的火球炙烤着大地，热浪滚滚。门前那棵高大的核桃树上，知了扯着嗓子不知疲倦地鸣叫着，一声高过一声。灼热的太阳光从堂屋顶上的亮瓦照射下来，没有一丝风，屋子里热气袭人。

那天，当我得知自己中考成绩以 10 分之差没能考上县里的高中时，大脑顿时一片空白。我不想回家，我害怕看到父母焦虑和失望的眼神。父母没啥文化，大字不识几个，一家人的生活捉襟见肘，他们将全部希望寄托在儿女身上，不敢奢望大富大贵，只巴望着我们能多学点文化，有朝一日捧上个"铁饭碗"，过上衣食无忧的生活。

可我却让他们的希望落了空。我独自一个人在街上游荡，漫无目的，

太阳晒得我头昏脑胀，心中更是焦灼不安，感觉全世界的人都在嘲笑我。我垂头丧气，耷拉着脑袋，像一棵被晒恹了的南瓜秧。

等到太阳落山，天快黑了，我才拖着沉重的脚步，慢吞吞地往家挪。我不知道自己是怎么走回家的，也不敢去想，等待我的将会是什么。母亲在厨房里煮饭，烟雾缭绕。见我进屋，她问了一句："惠儿，回来啦？"我瓮声瓮气从鼻子里"嗯"了一声，没等她问下一句，我就扭头走了出去。

父亲从坡上回来，额头上汗涔涔的，汗水打湿了衣衫。我慌乱地抓起屋角的笤帚，假装埋头扫地。我偷偷瞟了父亲一眼，然后快速低下头，极力躲避着父亲的目光。

"怎么啦？没考上？"看我一副失魂落魄的样子，父亲显然已经猜到结果。

"爸……我……没考上……我……"我有些语无伦次，手里的笤帚"啪"一下掉在地上。我把头垂到了胸前，感觉自己快要哭出来。

"唉！"母亲在一旁长长地叹了口气，重重击打在我心上。"孩子妈，饭好了吗？吃饭吧。"父亲说。我心乱如麻，哪里还有胃口，胡乱往嘴里扒拉了几口，也不知道那顿饭是怎样咽下去的。尽管父母没有责骂我，但我知道，他们心里该是多么失望和无奈。

接下来的日子，我度日如年，整天浑浑噩噩。我把自己关在屋里，望着屋顶发呆，我恨自己无能，不知该何去何从，感到一种前所未有的迷茫和绝望。

晚上，我躺在床上翻来覆去睡不着，满脑子胡思乱想。夜已经很深了，周围一片寂静，月光从窗外泄进来。突然，我隐约听到隔壁房间低低的有说话声。"孩子爸，你看惠儿这段时间不出门也不说话，会不会憋出啥毛病来？"这是母亲的声音。"应该不会有事吧。"父亲说。

"看她整天魂不守舍的，人都瘦了一圈儿，我担心哪！""她心里不好受，就让她静静吧，放心，不会有事的。"父亲宽慰母亲。我紧咬着嘴唇，泪水在眼眶里打转。

那是一个周末的上午，父亲戴上草帽准备出门。我蹲在屋门口，百无聊赖地看地上的蚂蚁，爬过来又爬过去。他转身叫住我："惠儿，要不你跟我去地里走走吧?"我迟疑片刻，看看父亲点了点头，起身跟在他身后。

我满腹疑惑，和父亲一前一后走在田间小路上，彼此沉默着都没有说话。走到一块稻田边，田里的稻穗已经变得金黄，颗粒成熟饱满，沉甸甸的弯了腰，过不了几日就可以收割。一阵风吹过，稻穗随风摇曳，风中飘散着缕缕醉人的稻香。在这些成熟的稻穗中，有几粒呈青黄色，颗粒也不饱满，感觉营养不良似的。

"惠儿，你看这些稻谷，有的品种优良，长得又好又快，也有品种差一点的，因为先天条件不足，不能与优良的品种比，但是，它们没有自暴自弃，一直在努力生长，总有一天会赶上去。"父亲意味深长地对我说。

我走近细看，只见那几粒稻穗挺直了腰，高昂着头，铆足了劲儿地向上生长，充满生命的活力。

顿时，我的心如释重负，豁然开朗，我明白了父亲的良苦用心，我含着泪望着父亲，笑了。9月，我选择了复读，经过一年的努力终于考上了高中。

人生旅途，芸芸众生，也许我们天生没有别人优秀，但是只要努力付出，不停下前行的脚步，朝着梦想一步一步靠近，就一定会有所收获。

错的短信，对的亲情 / 鲁小莫

无论何时何地，总有一份"傻傻"的亲情不离不弃

> 想起了那条发错的短信，我愣了片刻，继而大笑起来。我笑得弯下了腰，笑得捂住了肚子，笑得眼泪都出来了。

那段时间，我的心情黯淡到极点。和波闹别扭一周了，彼此谁也不理谁。那个夜里，我流着眼泪，看了手机很久，慢慢拿过来，一点一点拨波的号码，拨完，再一个数字一个数字删掉，再拨、再删……最后，我终于忍不住了，翻出收藏夹里的一条短信。

短信这样写着：今天白天有点想你，下午转大到暴想，心情将由此降低五度，受此情绪影响，预计此类天气将持续到见你为止。短信是同事张姐转发给我的，当时觉得有趣，就存下了。

我想，把这条短信发给波，既表达了自己的心情，也不至于太失面子吧。

找联系人，点发送。发送的一瞬，我叫一声"坏了"，联系人点错了；再找，这次看准了，光标停在波的位置，轻轻点下去，转眼的工夫，收到回复：波已收到信息。我舒出一口气。

往后的时间，我都在等波的电话。时间过得真慢，一点一点，比蜗牛爬得还慢啊！一直到第二天傍晚，手机伏在包里，静静地仿佛坏了一般。我叹口气，收拾东西，准备下班。

铃声就是在这时候响起的，这真是世界上最美妙的音乐。我的脸一下子红了，"蹭"地站起来，拿过包，急急地打开，以最快的速度把手机拿在手里。办公室的张姐扭过头，有些惊讶地看着我。

然而不是波的，是父亲的。我的失望无以言表。为了掩饰刚才的失态，我故作惊喜地叫：爸！

父亲说：我在你的办公楼下，能不能下来一趟？

哦。我收了手机，转身下楼去。

父亲穿着崭新的 T 恤衫，那是我送给他的，在家里，我从没见他穿过。父亲的身影让我心里一暖，我说，爸，你真帅！

父亲笑着，有些羞涩地说：这闺女，没大没小的。然后把手里的包递给我，你妈给你包的粽子，还热乎呢。

我接过来，打开，一股粽香扑鼻而来，我的肚子里咕咕狂叫起来，突然意识到，已经好几天没有正儿八经吃东西了。我迫不及待地剥开一个，咬了一大口，粽子香甜糯软，真是天下美味！

看你馋得！父亲责怪着，脸上却是满足的笑。然后，他拍拍手，像完成一件大任务似的说，我该回去了。

这就走吗？我咽下嘴里的粽子，拉住他：住一晚上再走吧。

不了。父亲说：赶今天最后一班车回去，明天早上还得抓紧时间种花生！

这么忙，你还来！我又忍不住说：这些粽子，还不够路费钱呢。

父亲嘿嘿笑着，搓着手说：昨晚上一收到你的短信，你妈就忙着泡米，泡粽叶，今天一大早她就起来包粽子，煮好了，我一刻没耽误就坐车来了。

短信？我有些不明白。

父亲说：你不是说想我吗？昨晚发的短信。

想起了那条发错的短信，我愣了片刻，继而大笑起来。我笑得弯下了腰，笑得捂住了肚子，笑得眼泪都出来了。我的眼泪，终于汹涌而出。

爸爸！我哽咽着，很想告诉他，那条短信我发错了，可是我没有说出口。我从未发过短信给父亲，电话也很少打，通常是跟母亲絮絮叨叨说很多。父亲的手机是我以前用过的，我嫌样式过时，就送给他了。我没有想到，从收到短信的那一刻，父母就开始为我的"想念"忙个不停。

看着父亲苍老的脸，我想，父亲真"傻"啊！他怎么就没有想到，那条短信是我发错的，我怎么会发一条那样的短信给他？

深爱中的人都是傻的。以前，我只知道这句话适用于爱情，没想到亲情也一样适用。

我和波的那场爱情，终于无疾而终。一年后，我拥有了新的爱情。新爱情让我的生命充满快乐与美好。我不知道这份爱情能否地老天荒，可我知道，无论何时何地，总有一份"傻傻"的亲情，不离不弃。

第 4 辑

世上最爱我的人去了

父母在，人生尚有来处；

父母去，人生只剩归途。

在多年前的那个冬天，

父亲走了，

这个世界上最爱我的人离我而去了！

事过多年，依稀记得，

父亲离去的那个冬天，天气异常的寒冷；

时过境迁，始终无法忘记，

父亲在临终前，在生命垂危之时，

他仍在给我最后的关爱，

他关心我超过了关心他自己。

这世上，有许多东西，

当你知道要珍惜的时候，却永远地失去了。

现在，总觉得有好多好多的话想对父亲说，

可是，他再也听不到了，

父亲，留给我的，只是永久的想念。

先父梦岐先生 / 曹聚仁

我永远是父亲梦岐先生的儿子，却又永远是先父的"叛徒"

> 我一直怕了他，不肯和他相接近。别人都以为先父只疼爱我这个孩子，我呢，却畏敬而远之。

从我个人的生命根源来说，我永远是我父亲梦岐先生的儿子，却又永远是先父的叛徒。一个经过了十几代挖泥土为活的贫农家庭，祖父永道公一生笃实和顺，委曲求全；有一年，天旱，邻村土豪霸占了水源，祖父不惜屈膝以求，先父愤然道："我们为什么要向他哀求？"便拖着先祖回家。这便见先父的反抗压力的精神。先父之所以要在耕余读书，要参加科举考试，要背着宗谱到金华去考试，这都表现他不为环境所束缚的威武不能屈的气度。

先父从杭州应了乡试回来，接受了维新志士的变法路向；一回到家乡，便把学校办起来。在我们自己的厅堂上办育才小学，已经招来亲友们的窃笑。说先父是书呆子。而进一步，把通州桥头的观音堂的庵中佛像拆了，办起乡村小学来，那真是犯众怒的大事。却　肩独当，居然做成了，这就使亲友由惊疑而钦佩了。先父青少年时，身体很怯弱，二十八岁那年，大病几乎死去。其后，他处在危殆境况中，总是说："我譬如二十八岁那年死去了，怕什么！"除死无大难，这就战胜了横逆之境。看起来，先父那么一个瘦弱的身子，却有着钢铁般坚强的意志，我阅世六七十年，能如先父这样敢作敢为的汉子，就很少了。

有如范仲淹那样，乐以天下，忧以天下，公而忘私的人，世人一定看作是大傻瓜。先父说了要维新，便一一做了起来。女人要放脚，儿童要受教育，革命就剪了发，事事切实去做。辛亥革命，废旧历行新历；先父便要我们在阳历去向亲友贺年，到了旧历新正，就不让先母招呼贺年的亲友，这虽是小事，做起来，就十分别扭的。他要兴实业，就要家中人，种桑养蚕，纺纱织布，还开了一家小小的布厂。我们在小学读书时，先父就划了一亩水田，给我们种稻、种麦、种豆，从插秧到收割，让我们一一做起来。因此，我这个书呆子，对所有田间的事，一一都熟知，我还会养蚕养蜂接桑。我一向看不起孔老夫子，因为他是四体不勤，五谷不分，手不能提，肩不能挑的人。先父虽是圣人之徒，却是要我们学农学稼，走的是许行的路子。

表面上看起来，先父是朱熹一派的信徒；朱子的《近思录》和《小学》，乃是教导我们立身处世入门工夫。但在躬行实践上，却和北方学人颜元李塨的路子相吻合。而他那年从杭州回家，带了一部《王阳明全集》回来，他的关心社会治安，培养民间新风尚，敢作敢为的立身之道，实在和王氏相符合。这种种，正如朋友们所称道的"蒋畈精神"。这是维新志士所带来的朝气，但先父并不如康梁那样浮夸，也并不想投入政治圈子，只是一点一滴在地方自治的文化教育下工夫就是了。因此，先父的施为，颇和陶行知先生的晓庄工作相吻合呢！

先父这位圣人之徒，他只从孟子的议论中知道有所谓"异端"杨（朱）墨（翟）；他从来没看过墨子和庄子列子之书。其实，先父一生磨顶放踵，以利天下而为之，是一个墨子之徒。而我呢，却是一个老庄之徒，正是孟子所谓"异端"。到了先父晚年，扬名声于四近，一提到"蒋畈曹"，有着敬而畏之的意味。真所谓"邪不敌正"；我们那一边区，真是烟赌盗窃丛生之地；他以一手之力完全肃清掉。地方自治，并不是件容易的事，除恶务尽，无权无势，怎么做得到？居然做到了，乡人奉之若神明。先父逝世了，乡人都说他到某地做土地神城隍神去了。

乡人都相信，只有我不信。

我的舅父，他是独生子，给外祖父母娇养惯了，吃喝玩赌吹，无所不能；先父嫉恶如仇，凡是他所要禁绝戒绝的，舅父无一不染上了。可是，舅父老年时，却对我说："四近百里以内，没有人不怕你爸爸的，只有我一个人不怕你爸爸；可是，不怕你爸爸的人，总是没出息的！"这就说了他心底的话了。要说舅父是软弱的人吗？他七十五岁那年，感怀身世决定要自杀了，如杨白劳喝下盐卤去。喝盐卤自杀，是一件极苦痛的事，他有那么大的勇气，却耐不住赌博的诱惑。这件事，对我是了解人生的一课。

先父是一个防微杜渐，而且以身作则的人。我六七岁时，旧历除夕，跟邻家女去赛"字乌"（一个钱的正面，便是字，反面便是乌；三钱在掌，谁得的字多胜），先父便叫了回家，狠狠打了我一顿，我一生不受赌博，和那顿教训有关。

我对先父，"畏"的成分多于"敬"；他只怕孩子们玩物丧志，因此先父生平，是不让我们看社戏。（他决想不到，我到了中年以后，倒成为地方剧曲的研究者呢！）他以坚强意志来克制种种欲念，立志成为圣人之徒，因此，我一直怕了他，不肯和他相接近。别人都以为先父只疼爱我这个孩子，我呢，却畏敬而远之。

二十以后，我一直在上海做事，年节也很少回乡去。有一回，一位至戚到上海来看我，对我说："你知道你爸爸怎么对我说？他说：别人都说我有三个儿，一个女儿子，实在呢，我是养了四个女儿！"这番话，深深地感动了我。原来他是把热情的火团，用灰盖了起来，时时怀念着我们的。那年，我回乡住了一个夏天，秋初回上海去，先父一直送我们出门，送了一程又一程。其明年，先父便卧病了，病了十八个月，便逝世了。病中，我曾在床的另一头陪着他，却已补不了先前对他的疏远了。先父对先兄聚德管责得最严厉，对我次之，到了四弟，先父公务太忙，管束最松。后来，我才知道先兄的受责，有时是挞伯禽以教成王之意，这当然不是我们所能领会的了。不过父子之间，究竟该怎么来教育？自是一个值得研究的大问题，古有易子而教之说，也值得研究一下的。

先父是一位笃实的理学家，他对程朱学说和儒家思想的笃信，已经到达要排除佛道各派思想的程度。他要把居敬存诚工夫灌输到我们这一代，让理学在我们心灵中生根，其结果是失败的。但我一生对于恋爱会这么认真，也还是受了理学的影响。有一件事，我在这儿郑重说一说：先父病危时，有一天，忽然要叫我母亲备一份香烛到庙中去祈祷一番，而且吩咐她不要我们知道这件事。我忽有所感：先父到了最后，对灵魂来世的事，无法安顿；这样的矛盾，颇值得体味的。于先父死后，乡间传出了他出任某处县城隍的神话，我已说过了。先父是不礼拜佛道二教的神道的，也不相信基督耶稣的，只留下了泛自然神论的观念，真要成神的话，也只有土地神可以做得了的。

在这一方面，家母倒是先父的忠实信徒，她既不烧香拜佛，也不吃素念经。

我自信，我所讲的《金刚经》，比一般方丈法师高明一点，虽不能使顽石点头，却也足使凡人们恍然有所悟。上海解放以后，家母从乡间来上海，我看她十分寂寞，心绪也不十分好，想试着劝她看看《金刚经》。她却一一拒绝，说她是不信佛的。她和我一样，近于自然神教，我是走出了儒家圈子以后，走进道家思想圈子去。家母则是无意之中，闯到泛神论的世界，成为朴素的自然主义的信徒的。

有一位耶稣教徒，他自以为天天关着门看圣经，直通基督的圣旨，他认为如我这样一个凡夫俗子，不会有所领会的。他并不知道我正走了和他相反的路。我是走了比较宗教的路，才对这一问题有所交代。我觉得各种经典之中，博大精深，莫如佛经。新旧约实在浅薄得很，比之佛经，连小巫都称不上。道家思想虽不及佛经，但圆通之处，老庄还在释迦之上。从前，我不曾注意到可兰经，后来看了一遍，才知道此中自有胜义，自在新旧约之上。我从反程朱而重复回到宋明理学、儒家思想门庭，已在中年以后，觉得孔老二毕竟见过大世面，不像耶稣在钉上十字架以前，只在小天地中翻筋斗的。比较宗教，比较哲学，使我成为虚无主义者，我想当年的释迦也一定走过同样的路子。可惜，这些话，已经没有机会来和先父反复讨论了。

当然，先父虽是启蒙时期的进步分子，但他毕竟是上一代的人物。当他病危那一时期，他和我谈到一件宗法社会的大事。我们的祖先，为了保持血统的纯洁，立下了祠规，不许外姓人继嗣的。恰好洞井叔一辈某家，没有后嗣，已经抚养郑姓的外甥来继嗣。依祠规，那是不许"上宗谱"的。因此，那家便上法庭提出控诉，按照国家法律说，这样的嗣子，应该承认的，这一场官司，先父代表宗祠任被告，却败诉了。先父觉得他自己对不起了祖宗，要我牢记在心，在适当机会，把这场官司再翻过案来。我当时不知怎么答复他的，到了今日，连宗谱也不再存在了呢！

父亲与楹联 / 周小明

父亲身患绝症，家人为此悲痛不已，他却反过来安慰我们

> 父亲身患绝症，家人为此悲痛不已，他却反过来安慰我们，说生老病死乃自然规律，无需悲痛伤心。

父亲喜欢文学，学历不高，只有高小文化（相当于小学毕业）。但知识却很丰富，对古典文学尤为喜好，读得也很有心得，唐诗宋词，诸子百家，都有涉猎，并能将其中的许多名篇佳赋熟背出来，诸如：《腾王阁序》、《岳阳楼记》、《三国演义》中的舌战群儒等。无情的岁月悄然流逝，珍贵的记忆却永远难忘。

早些年，每至正月，村里便有请戏班子到公堂演戏的习俗。对文化生活极度贫乏的年代来说，这一文化大餐，常会引得方圆数里的许多村民前来观看，开演时分，公堂里常被挤满满的，煞是热闹。村人对这一文化活动非常重视，从请戏班子到舞台设计，从节目安排到整体内容选取，每一环节，村里的主事者都是精心安排。其时村里安排演戏的内容：一折是三国时的公谨破曹，另一折是西周时的武王伐纣。很自然，撰写戏台对联的

任务便落在父亲身上。等戏开演时，父亲的对联便出炉了：想当年，公谨破曹，施奇计，定良谋，火烧曹营千万里；忆昔日，武王伐纣，除奸贼，安天下，歧山创业八百年。演还未正式开戏，看戏的人便寻到我家跟父亲谈起这副戏联对仗如何工整，如何切中主题之类的事了。

前些年，村人要修家谱，族人要用文字简洁地将塔水的由来以及周氏的发源处表达出来。主事人找到父亲，说明来意，再三叮嘱要把此联写好，以念先祖繁衍之情，表达后世崇敬之意。之后，父亲遵照嘱意写出一联：塔佑汝南钟灵毓秀；水汇濂溪源远流长（塔水属汝南郡，濂溪后裔）。如今，这副对联已深深印在了族人心里。

我有一小爷和邻村的世村老先生旅居台湾，为了家乡发展，他们捐资兴学校、铺村路、修桥梁、葺亭子，使村容村貌大为改观，村人对之尤为感佩，可却不知如何表达。父亲为感谢他们的义举，拟出一联：追根溯源常怀游子心，造福桑梓难忘故园情。以此表达海外游子对家乡的一片赤子之情，而今这副对联被刻在了村里的思亲亭中。

村里处于与加禾县交界之处，距嘉禾石桥村仅十余分钟路程，却一直未能通上车路。长久以来困扰着两村的交流。经过两村多年的商议，前年，终于通上了车路。为纪念异域合为一家，村人要在入村路的当口处立一牌坊，以联咏事。父亲便写上了：石桥上下一心，畅交通，奔小康，展四化宏图；塔水干群团结，树雄心，立大志，创千秋伟业。父亲用联吟咏两村结百年之好，勉励团结和睦，奋发图强，带领群众兴村富民。

父亲用岁月燃烧的汗水，浇灌着我们的希望。为兄妹三人读书，家里倾其家所有，父母亲宁可自己吃苦，也不苦我们读书，他把我们兄妹相继送去读中专和大学。我在师范求学时，哥在上高中，为了勉励我们奋发向上，不甘人后，出人头地，父亲把他珍藏多年的两本笔记本送给我们，并在扉页上题写了"清香除旧千秋盛，明月生辉万代昌"这副对联。他将我们兄弟的名字寓于其中（哥哥名为周小清，我谓之周小明），希望我们能有所作为，殷殷寄托之情，拳拳爱子之心寓于其中，永远令我们感奋，催我们上进。

2005 年的秋天，父亲身患绝症，自知于人世不久，可他对此却显得非常平静。操持家务，习字，阅读，散步，闲聊，生活信念坚定，超然物外，泰然处之。家人为此悲痛不已，他却反过来安慰我们，说生老病死乃自然规律，无需悲痛伤心。直到晚期，举箸提笔已是诸多不便，快要不行了，他还强忍着剧痛，写下两副墓联：睡地六尺凭我静，山川万里任人忙。静卧青山成大道，梦游桃园学醉翁。临终前，嘱我们将联铭于墓前。

父亲是最普通、最平淡的人，他一生勤俭持家，待人义重，性格直爽，乐于助人。在茫茫的历史长河里虽然没有留下惊天动地的痕迹，但他和善、慈祥的音容，却永恒地烙印在我们心中。想起他生前的岁月，那些淡漠而苦涩的往事便总在心头萦绕，心情难以平静；想起他对公益事业的热心，对生活的豁达态度，对孩子们的殷切期望，不觉真情涌动，哀思绵绵。他走得很匆忙，没能给我们留下许多东西，他想要把平生所写的一些东西整理出来也未能如愿，重病缠身时心里一直牵挂的《我的苦难历程》一书也未能完成。

生有遗憾，心却坦然。祈愿九泉之下的父亲安息！

父亲的冬天 / 徐光惠

父亲下葬那天，天上突然下起了雨，那个冬天出奇的冷

父亲下葬那天，天上突然下起了蒙蒙细雨，那个冬天出奇的冷。

冬天总是昼短夜长，早上六点钟，天才蒙蒙亮，屋子里冷飕飕的，寒气逼人。

睡意朦胧中，依稀听见隔壁房间父母说话的声音。母亲说："他爸，再睡会儿吧，天还没亮呢。"

"鸡都叫两遍了，再不起就迟了，早点去才能卖个好价钱。"

他们说话的声音很低，怕吵醒熟睡的儿女。随后，便是一阵"窸窸窣窣"起床的声音。

昏黄的灯亮起来，母亲开始在厨房生火、淘米、煮饭，父亲则做着去集市上卖柴前的准备。

父亲草草喝过几口清汤寡水的稀饭后，对母亲说："我吃好了，走了啊。"就拿起扁担挑着一担柴上路了。母亲忙放下碗，追出门叮嘱道："路上当心

点儿啊，卖完早点儿回家。"

在六七十年代，物质相当匮乏，煤炭稀缺，很多人家都烧的柴火灶。老家在一座山脚下，山上树多，灌木、荆棘丛生。到了冬天，树枝、藤条干枯，是用来生火做饭的好材料。父亲穿着一双已经磨得发白的破胶鞋，去山上砍柴，山路狭窄、陡峭，行走困难，稍不注意就容易打滑摔倒。

傍晚，天快黑下来，年迈的奶奶总是拄着拐杖，站在院门口等着父亲回来。父亲每次砍的柴足有好几十斤重，山路又不好走，父亲背着一大捆柴回到家时，已累得直喘粗气，虽然是寒冬，豆大的汗珠仍从额头上往下流。

奶奶心痛地说："大娃子，少砍点儿吧，累坏了吧?"父亲把柴放下地，用衣袖擦一把汗说："妈，累不着，我还有力气呢。"他又将柴码放整齐，用绳子捆成两捆，捆结实，第二天挑到集市上去卖。有时父亲卖了柴，会带些水果糖、瓜子回来，我们吃着、笑着，蹦蹦跳跳心里乐开了花，那是我们最开心的时候。

父亲卖完柴回到家，取下扁担擦拭一番后挂在墙上。那根扁担已经陪伴了父亲十多年，早已磨得光滑锃亮。晚饭时，平时不爱喝酒的父亲，破例会倒上一杯，就着几粒花生米和咸菜独自慢酌慢饮。父亲不胜酒量，一杯酒下肚后已有些微醺，话也多了起来，便给我们讲他小时候的事，讲集市上发生的一些趣事，脸上露出难得的笑容。

我依偎在父亲身旁，听得入神。父亲伸出手抚摸我的脸。"爸爸，你的手!"我猛地把头扭向一边，脸像是被啥东西扎了似的隐隐作痛。我发现，父亲的双手已经冻裂了一道道口子，磨出了一层厚厚的老茧。父亲有些尴尬地笑笑，连忙把手缩了回去。

晚饭后，父亲和母亲在堂屋里的四方桌上清点卖柴的钱，我们也挤在一旁凑热闹，叽叽喳喳闹个不停。"孩子他妈，你点点。"父亲将兜里的钱抓出来放在桌子中间，皱巴巴的一堆钱。1元、5毛、2毛、1毛，母亲小心地将它们一张张叠平整，低着头仔细清点钱数，难掩内心的喜悦。父亲在一旁"吧嗒、吧嗒"抽着廉价的叶子烟，屋子里飘出一股浓浓的烟草味儿。

我们几兄妹把母亲围在中间，目不转睛地盯着被母亲清理得整整齐齐的一沓钱，傻乎乎地笑着。那叠钱仿佛变成了香喷喷的一盘回锅肉，变成了我们过年穿的新衣服。小妹开心地叫着："哦，有钱买糖吃咯！有糖吃咯！"

刺骨的寒风从夹壁墙缝里钻进来，屋里没有火炉取暖，手脚冻得冰冷生疼。但是，一家人围坐在简陋的屋子里，清点着父亲卖柴换来的钱，每个人脸上都荡漾着欢笑。无数个冬天，不管天气有多寒冷，日子多么艰难，我们被这样的喜悦包围着，内心感觉特别温暖。

1999 年的冬天，父亲突发脑溢血昏倒在地，直到他咽下最后一口气，也没能苏醒过来留下只言片语。

就这样，这个世上最爱我的人去世了！

父亲下葬那天，天上突然下起了蒙蒙细雨，那个冬天出奇的冷。

桃树下：清明闲文祭父 / 曹荣芳

假如能够的话，来世让我为父，他为女

> 父亲下葬那天，泥土新翻在桃树下，在
> 绵绵丝雨的浸淫中透着朴质的光亮。

　　这里的车马声在午间格外响闹，但鸟声筑起一道围墙，清脆地击败了车马声对寂静的进攻。我的身旁有一株桃树，树上的桃红已悉数摇落。树枝上，新绿之中，尽是根根扎向天空的突兀花托。桃树下，围着树干底部，紧贴着地面的，是暴雨停后两天的泥土。泥土半干，因为新草的绿相映衬，便显得水洗过般，光亮，甚至透着洁净，新崭崭的。泥地上，盖着风摇落的桃花花瓣。此番情景，竟使人认为，泥土才是这里的主角。泥土被雨收拾得这么洁净，特意来迎接飘逝的粉红花瓣。

　　目睹这光景，悲伤如山洪初始，压着头贴着地面就冲我奔过来。这种突如其来的感觉，鬼魂一般紧紧地攫住了我。那一霎，胸中积蓄多年的柔软，好似奔腾了整天的海浪，要渐趋平息，但又不得不说点什么，又无处言语。这情状，使我几欲泪下。

我感到，我离它如此近，但我们却不可接近；我离它如此近，又仿佛我们从未分开过。我是大地的女儿，却一直向往天空。

　　这润泽的新土使我想起了父亲下葬的那个春天，我目睹我们父女此生彻底阴阳两隔。

　　父亲被安葬在一座小山上。小山的对面，视野开阔，父亲就在山顶偏下点倚山而眠。对一切无等差地热爱着的他，此后每天接受太阳从左方打下来的亮光，对着正对面群山两边倚立、中间豁然空旷的田野，和旁边一条弯弯曲曲的山道。山路只有山下的这一截，这一截过去便豁豁然开阔起来。这路，通向遥远的远方。

　　父亲前半生走南闯北，而他的后半生，是被禁锢的后半生。他是那么有才能的一个人，最终，只能在繁杂不断的劳作之中，彻底忘了他快意的前半辈子。

　　当年上大学有一次开学，父亲大包小包送我到郴州火车站乘车。站内熙熙攘攘，人声鼎沸。父亲一会儿给我买水，一会儿给我买些吃的。我理应感受到父亲的爱，并有所回应。遗憾的是，我全无知觉。我看不到父亲的辛苦，安然享受他的照顾。我把自己公主般受宠的生活，建立在父亲对女儿的隐忍之上。

　　父亲提出陪我一起去学校。我照例残忍拒绝了他。父亲没有异常反应。他那年逾半百、衰老却依旧英俊的脸上，始终漾着无条件的温和父爱。

　　父亲走后很多年，我只要想起这一幕，就止不住泪奔。父亲的慈爱和坚忍，女儿的冷漠和粗暴……使我愧悔当初，心痛如裂。对待原本互相挚爱的，我的父亲，我为什么是这样一个人。我无法原谅自己。

　　为人父母者不会怨尤自己孩子，然而，报偿机会一旦错过，永不再来。我知晓此生已无机会，于是把这愧悔埋在心底，每天在心底期盼着：假使能够的话，来世让我为父，他为女。

父亲下葬那天，泥土新翻在桃树下，在绵绵丝雨的浸淫中透着朴质的光亮。父亲的棺椁被放入了墓坑。按照乡俗，烧香、鸣炮、盖土……一切停当，雨停了，天也放晴了。父亲彻底归去了。他回归了大地。

　　我有时一睁眼，便能看到父亲熟悉又慈爱的面孔。父亲年轻时，长得也很帅气。他的才气，与传统意义上的农民身份很违和。但他依旧洒脱地将自己当成了乡野间的一分子。父亲总能有些与众不同的观点，他在人群中说起的一些话，乡人在半知半解中附和他。我也依稀记得那么几句。他其实本不该在这乡野之中，在日复一日的，翻起泥土、盖上泥土、种菜割稻之中，过完他的一生。见过他的人都这么说。父亲从部队转业时，因为独子这个身份而没有正常获得提拔。

　　父亲幼时丧父。父爱的缺失、母亲的坚韧，使父亲过早具备担当。他寻找家庭责任，他获得并担负了起来；他寻找亲子之间的爱，使他在自己骄横的女儿面前，成了一个现在所谓的"孩奴"……他有可能也在寻找别的什么，比如，属于他自己的终生自由——正如我现在所寻找的一样。我们都有一个共同的命运：漂泊。这种自由，便是灵魂深处的安定。

　　父亲也许已经找着，而我还在寻找当中。但说到底，是否找得到，并不紧要。在等待之中找，便是了。

　　即将清明。谨以此文遥寄家父。

父亲的微笑 / 孟宪丛

父爱是片海，比海更慷慨；父爱无声，却一直都在

> 父亲灿烂的微笑一直定格在我心底，这微笑分明就是一种大度与宽容，一种豁达与友善，一种素养与智慧。

父亲一生平凡，忠厚老实，性格懦弱，却活到了 93 岁。

父亲一生清贫，但清贫的生活难掩那一抹灿烂微笑。每天往复于日出而作，日落而息，或摇耧播种，或荷锄下地，或扶犁耕田，或弯腰割麦。我从没见过父亲愁眉苦脸过，他总是乐呵呵地幸福着。

从我记事起，父亲给我的印象是不善言谈，与人对话极为简略。家里无论来了多么尊贵的客人，先是对着客人凝聚几秒钟笑容，然后就是"这时才来?""这些时忙甚?"几句公式一般的寒暄，以至于初次和父亲见面的客人，对父亲的评价是"酸"，这"酸"里包含了对客人不热情的意思。其实，只要和父亲打过交道的人都知道，父亲生就老实，内向的性格是努力不出过分热情的客套话的。

我一直以为父亲生性懦弱，没有主见。他一生中没有硬朗朗地拍板做

主一件事，家里的大小事情都是母亲说了算。尽管这样，父亲曾在上世纪七十年代担任了好多年生产队长，至今我也不明白父亲究竟凭什么当了村干部，且能拍板确定重要事项。不过，乡亲们都说父亲"小九九"好，也就是记性好，心算本领强。父亲记得生产队的一切情况，对每户农户的情况都了如指掌。

每年春天，生产队五六个干部都聚集在我家里，商量每块地适合种什么作物，父亲眯着笑容，吸着烟斗，对每块地的面积、方位，近两年的倒茬情况，均如数家珍。其实，父亲当生产队长，大多时候的工作是喊大伙出工，那"做营生走喽"的喊声在街巷上回荡好一阵子。

大集体那会儿，大搞农田基本建设，把土地整理成一块紧挨一块的长方形，两块长方形地块中间是高高的地埂。锄地的时候，人们都不愿意在地埂边锄，因为地埂边的杂草旺盛，锄起来太费力气。但父亲总是主动蹲在地埂边，满头大汗地拉锄、拔草，时不时还吹起悠扬的口哨，得意的神情让人不解。

在我眼里，父亲不仅是个无主见的人，也是个从不计较的人，别人说什么他都点头应承，或举手赞成。实行联产承包责任制那会儿，承包地被相邻地的人家用犁耕套占，父亲明明知道，却从不抱怨，也不去找人家理论，就在逼仄的地块里劳作，还常常流露出乐此不疲的神情。

后来，母亲实在看不下去，出面找村干部用绳子拉量，讨回近一步宽的承包地。母亲唠叨："一个大男人，你做好人，我倒成了脏水缸！"父亲听罢，只是抛过一串"嘿嘿嘿"，不反驳，不恼怒，如此沉着，让我哑然。

在一些人眼里父亲是个好人，而在另一些人眼里，就像母亲唠叨的那样，父亲纯粹是个"窝囊废"。

由于父亲的"窝囊"，母亲便承起了"做主"的营生。有一年，村里人欺负了聋哑大哥，是母亲带着大哥前去讨公道，将欺负大哥的人骂了一顿，并让那个人掏了医药费。当母亲为大哥做主的时候，父亲只是蹲在炕头角一个劲地抽旱烟，只是面色呈出了难得的凝重。

每每让母亲唠叨，甚至责骂，父亲也是若无其事，一笑而过。

很长一段时间里，我庆幸有这么一个面带笑容的慈祥父亲，他从来没有骂过我们兄弟姊妹。每每同学们说起被父亲揍骂的时候，我的心里就有一种浅浅的优越感。

我觉得，尽管父亲胆小，但心眼好，乐于助人，父亲应该算是个好人。有一年冬天，生产队为了盖马厩，组织劳力到老虎山采石头。一天，大家在放过炮的坑道撬石头，上边滚下一块石头，父亲迅疾扑上去，把一位低头撬石头的村民推开，自己被砸伤了腿，住了二十多天医院。

这件事让村里的人们惊诧不已，不解一向"胆小"的父亲竟能做出如此英雄壮举。

有一次，村里来了两位南方的耍猴卖艺人，表演完时近正午，找不到吃饭的地方，父亲便领着他们到自家，热情招待，吃了一餐家乡的特色饭"焖山药拌炒面"。临走的时候，这两人硬要留下五块饭钱，被父亲摆手谢绝，尽管这五块钱对清贫的家里来说有多重要。每当有讨饭的上门，父亲总要多给点莜面，或给两颗鸡蛋，父亲说：只要能过得去，谁会走要饭这条路啊。

高中毕业那年，我生病住院，父亲陪床。床位紧张，父亲就干脆铺上羊皮袄睡在地板上，每天忙前忙后，但他的微笑一刻也不曾消失。

出院后，在一段时间内还需要打针吃药，巩固治疗效果。尽管村里的医生对父亲说，只要生产厂家一样，哪里买药都一样。但父亲固执地认为："病是县医院治好的，药肯定是县医院的好，绝对不能随便换地方买药！"

基于此，父亲每个月骑自行车到县城买一次药，来回近150里，不得不早走晚归，冬天日短，两头不见太阳。回来后，也不顾吃饭，先摆弄那一大包药，注射的，口服的，纸袋装的，药瓶装的，分类放好，生怕弄混。

我每天需要注射青霉素之类的针剂。那时候，村里只有一个人会注射打针，母亲念叨说，每天找人家也不合适，再说咱这又不是一天两天的事。父亲听后，说：干脆我学着打针吧，并征求我的意见。望着父亲消瘦而无奈的脸庞，我便使劲地点头同意。

　　于是，父亲便买了注射器，打针前也学着人家的样子，将针管伸进开水碗里，抽进去、推出来，仔细消毒，然后专注地将药水吸入，针头朝天将针管里的空气推出，直至药液在针尖串串流出。笑着说，来！在他用酒精棉球擦拭的时候，我分明感觉到了父亲的手微微颤抖。我知道，他内心肯定是紧张的。注射完后，父亲用衣袖擦了擦鼻尖沁出的汗珠，像完成一项重大使命一般微笑着。

　　父亲生命力顽强，顽强得让我吃惊。

　　在71岁那年，父亲患了疝气病症，考虑到手术对老人的影响，医生推荐了"疝气夹"。于是，我带着父亲坐班车到市里一家医院配了合适的"疝气夹"，戴上后，父亲的病症减轻了许多，不再用一只手捂着肚子，脸上露出了久违的笑容。

　　临近中午，我领着父亲到一家饭馆里，点了鱼香肉丝和葱爆羊肉两个自认为上档次的好菜。菜上桌后，父亲不急着吃，而是掏出烟斗边慢慢吸溜，他笑眯眯地端详我，不说话。直到我说："爹，快吃哇，凉了！"他才把烟斗在鞋底上磕了几下，放到桌子上，拿起筷子，夹了肉丝放到嘴里："嗯，好吃，好吃！"眼睛眯成了两弯新月。在之后的几年里，父亲的疝气奇迹般地痊愈了。

　　父亲晚年还经历了两次骨折，第一次是82岁，刚入冬时，走在薄雪上滑到，股骨折。第二次是88岁，在家里，手托窗台滑下，手腕骨折。

　　两次骨折，高龄父亲只是到医院里让骨科医生正了骨，然后服用接骨药，也没有做植入钢板的矫正之类的接骨手术，竟然两次康复，还能下地走路。尽管左脚有点外翻，好在生活仍然能够自理，也就省去了一些如厕之类需要人帮助的麻烦。

悄然走过一个个四季的轮回，父亲那曾经厚实的背脊渐渐有了弧度。每当我回家看望他，他总是像一个快乐的孩子，沧桑的眼神变得清澈而欢快，微笑一直挂在脸上……

如今，父亲离开已经 5 年多了，历经 93 年的风霜雨雪，让他承受了太多的苦难，但他灿烂的微笑一直定格在我心底。这微笑分明就是一种大度与宽容，一种豁达与友善，一种素养与智慧。我明白，父爱，不一定有多少叮嘱，微笑也是我生命中不可或缺的养分，足以让我沉浸在温暖的幸福中，激励我山一程水一程地奔波在执着的追梦路上。

夜，已经很深了，一轮明月，很美，月光泻进阳台，像父亲的微笑。

父亲，我是你心中永远的痛 / 王国军

当我终于读懂了父亲，却再也没有福气享受那份爱了

当我终于读懂了父亲，我却不再有福气享受那份隐藏至深的爱，哪怕是见上他老人家最后一面。

自我记事时起，就一直没有见过母亲。据说，她是厌倦了小山沟里的穷日子，一个人悄悄地走了，连声招呼也没打。父亲却从没责怪过母亲，他常在酒后感叹："儿啊，都是我不好，我没钱给你妈治病，她才撇下咱们走的。"

那几年的日子糟透了。家里除了我之外，还有一个弟弟和妹妹。父亲为了凑齐我们的学费，起早贪黑地到处打零工，舍不得吃，舍不得穿，头上的白发越添越多。

初三毕业那年，我和比我小 1 岁的弟弟同时考上了省重点高中，可家里的经济情况只能供一个人继续上学，那意味着我和弟弟必须有一个人辍学。所以当我和弟弟同时把录取通知书拿回家时，父亲只是略微瞟了一眼，脸上没有丝毫的激动。

晚饭后，父亲把我叫到厨房里，什么话也没说，只是长长地叹着气。我知道我落选了，从父亲冷漠的表情里，我读到了什么叫做"残酷"。我恨他把我从通向大学的路上推了下来，我心里叫喊着：为什么是我？可我没吭声，也没反抗。我只是流着眼泪，掏出通知书，撕了个粉碎，任那飞舞的碎片在他面前七零八落。我擦了擦眼睛，走回房间。

弟弟迎上来想说些什么，却被我轻轻推开。我钻进被窝，把自己罩得严严实实。我再次流泪了，我觉得自己已被父亲遗弃了，我是个没有了爱的孩子，我痛恨我的父亲，痛恨他无情的选择。

第二天，我离开了家，一个人到了另一个城市。我开始到处捡破烂，饿了，就捡人家丢弃的食物，累了，就蜷着身子在墙角里眯一阵。就这样过了一个月，手头上稍有些钱了，我便开始进一些报纸在火车站兜售。我被人打过、被人抢过，但我依然坚持着。

整整三年的时间里，我只回去过两次，默默地把攒的一些钱交到父亲手里，然后转身就走。父亲想留我吃顿饭，但他分明知道，我心里对他只有恨意。所以我每次回来，他总是默默地跟在后头，吸着低劣的纸烟，剧烈地咳嗽着。然而一切都唤不回我对他的任何依恋。我只是想，多年前，父亲便把我遗弃了，我已经成了一个被抽空血液的躯壳，没有了爱，也没有了灵魂。

我经常会做梦，但结局总是我还沉浸甜蜜里，就被一把冰凉的眼泪惊醒。其实，我并不嫉妒弟弟，我之所以忍受这么多的苦，就是想让弟弟妹妹都能考上大学，圆我这辈子都无法实现的大学梦。

很快，弟弟被中南大学录取，妹妹也考上了一所重点高中。家里的钱也越发紧巴了。于是，我便到长沙打工。凭我这几年的打工经历，我顺利地找到一个摊位，做起了买卖旧书的生意，利润很大，生意也红火。

在长沙混得久了，朋友也多了起来。不久我放弃了摆旧书摊，和朋友做起了跑运输的业务。由于我们重信誉，生意逐渐扩大。有了钱，不愁温饱了，但没有上大学的疼痛则越来越强烈，我对父亲的恨也愈来愈重。那是一种刻骨铭心、撕心裂肺的痛。

父亲也来看过我一次，他是走着来的，赶了100公里路，找到我们公司，还为我带来了一双棉鞋和一些腊鱼、腊肉。父亲一边喘着粗气，一边说："儿啊……"但我不等他说完，便冷冷地打断他："我不需要这些，你以后不用再来看我。"看见父亲滴着眼泪默默地走了，我心里涌起一丝莫名的伤感。

弟弟也常来看我，每次我都会拿出一沓钱给他，而他只是从中取一两张，就说够了。每次离开时，他都说："爸让我转告你，其实他很想你，希望你有空回去。"但我对自己说：在我的字典里，早就没有了"父亲"这个词，永远也不会再有。

六年后，我们的业务越做越大，在全国很多地方都建立了连锁，我也有了自己的房和车。而弟弟做了一家外资企业的驻华经理，妹妹也在一所高中学校里教书。听妹妹说：每次过年，父亲都替我留了一个位置、一副碗筷，然后说着一些莫名其妙的话，说到最后就伤心地哭。

听到这儿，我转过了身，脸上有湿湿的东西在滚动。

一天，妹妹突然跑来，一脸沉重。我问："有啥事就说，等会儿我还要去澳门签合同呢。"妹妹说："爸快不行了，想见你最后一面。"我心里猛地一颤，却还是犹豫。以前的伤痛让我此时不知如何面对他，确切地说，是没有勇气面对并痛悔曾经和他对峙的种种。

妹妹看了我一眼，继续说："我也是前几天才听隔壁的四公公说的，其实我和二哥都是父亲领养的，你才是他的亲生儿子啊。我和二哥出生后不久，家乡发了洪水，结果我们的亲生父母被大水冲走了……爸过来救人的时候，在漂流的澡盆里发现了我们……"

我像是被雷电击中一般，整个世界都在我眼前翻转，儿时的记忆一幕幕在我眼前闪过……父亲并没有把我遗弃，自始至终也没有。当面临艰难抉择时，他想到的不是自己的儿子，而是别人的孩子！这是多么崇高而浩荡的父爱！而我呢，任凭自己的无知一次又一次地把父亲推向绝望，更把自己推向了爱的悬崖。

我立即取消了去澳门的航程，和妹妹匆匆往家赶。我在心底不停地祷告，祷告上天能多给父亲一点儿时间，好让我能在他宽阔的胸怀里，一诉我的忏悔。可是，终究还是晚了。我赶回的时候，父亲已永远地闭上了他沉重的双眼。

我跪在他冰冷的身旁，一遍又一遍地磕着头，一声又一声地呼唤："爸！爸……儿不孝……你醒醒……儿回来啦……儿来晚了……"

任凭我如何呼唤，父亲不会再醒。他永远地离开了他眷恋的这个世界，离开了他久久眷恋的亲情，离开了他决绝而迟悟的亲生儿子。

当我终于读懂了父亲，我却不再有福气享受那份隐藏至深的爱，哪怕是见上他老人家最后一面。父亲，儿子是你带着遗憾离去的心中永远的痛！

青蓝